Fate/Prototype
蒼銀的碎片
5
櫻井 光
原作 TYPE-MOON
插畫 中原
Kadokawa Fantastic Novels

那肯定就是天上的星光。
那麼，余懂了。
你們一定是在這現代——
代替余拯救世界的人吧！
Rider
真名為奧茲曼迪亞斯，古埃及法老。因主人以娜芙塔莉王妃的遺物為召喚觸媒而震怒，但在悉數焚滅伊勢三一族之前，在年幼的伊勢三族人身上，見到知心摯友摩西的影子而作罷。在東京灣決戰中，敗在弓兵與劍兵同時解放的寶具之下。但心中沒有戰敗的屈辱，而是將拯救世界的光明願望寄予殘存的英雄。

我到此為止了。
騎士之王啊，
帶著榮耀揮舞光輝之劍的人啊。
——你要對聖杯許什麼願望？
Archer
真名為阿拉什，拯救古波斯的英雄。主人艾爾莎．西条因故痛失愛子，日後又目擊戰亂國家的慘劇而大受打擊，為實現「所有母子都能得救的世界」而追求聖杯。弓兵很樂意為她效忠，為實現她的願望而奮戰。最後迫於情勢，不得不協助劍兵戰勝騎兵，最後留下「你要對聖杯許什麼願望？」便消散無蹤。

不能讓……潛藏……在……
大聖杯裡面……的東西，降生……
到這個，世界上……
別讓世界……

## Lancer

真名為布倫希爾德，北歐神話的女武神。曾經深愛不顧自滅預言而一親芳澤的英雄齊格魯德，但後來卻誤中奸計，落得互相殘殺的下場。這段過去使她的寶具能將愛情轉換為破壞力，主人奈吉爾便利用靈藥讓她戀上劍兵，提昇寶具威力。齊格魯德的過去與靈藥的強制力使她內心備受煎熬，陷入瘋狂，最後消滅在劍兵劍下。

「我不想這樣……我……不想指使你殺任何人。你懂吧，傑奇？」
「■■■■■■■■——!」
Berserker
真名為亨利・傑奇／海德，小說《變身博士》的主角，或以其為藍本的人物。主人來野巽得知聖杯戰爭會危害到無數人的生命，於是企圖阻止戰爭。狂戰士為他的純真與正義感所打動，也以同樣的目的奮戰。儘管這份心願在騎兵壓倒性的戰力下潰敗，狂戰士與巽攜手貫徹正義的模樣仍帶給其他人不小影響。

……你真是個好人耶，
來野巽。
你已經死了喔。
Assassin
真名為靜謐的哈山，暗殺教團教主「山翁」歷任者之一。全身是劇毒集合體，而她也為這樣的身體不抱希望。主人因碰觸她而瞬間死亡後，她開始在城市中遊蕩，並發現沙条愛歌不會因為接觸她而死，懷起新的希望。同樣成為愛歌手下的魔法師，送給她一具活屍。透過接觸這名成為屍體，也依然要貫徹「人性良善」的少年後，她開始察覺自己究竟想要怎樣的愛。

——企盼拯救世界的真英雄。
——仍未到達此地。
——只有噬城巨獸的胎動，陣陣搖撼著黑暗。
Caster
真名為馮·霍恩海姆·帕拉塞爾蘇斯，留名人類歷史的偉大鍊金術師。與主人玲瓏館同樣，出身自傳統魔術師家系，且希冀奪得聖杯，達成「溯及根源」之願。但在與愛歌相遇，見到她那至高無上的姿態後，選擇拋棄一切服侍她。在黑暗中，眼看就要注滿靈魂的聖杯旁，他在懷疑愛歌本性之餘，相信正義終將到來而靜靜守候。

## Saber

真名為亞瑟・潘德拉岡，肩負祖國不列顛的興亡而率領圓桌武士南征北討的騎士王，心願是拯救祖國。對愛歌即使身為主人也親上前線殺敵感到痛心，但隨著她在聖杯戰爭中屢戰屢勝，劍兵開始察覺她神色之間的瘋狂。與其合力對抗騎兵的弓兵，以及遺言耐人尋味的騎兵最後身影，不時在他腦海裡甦醒。

Fate/Prototype 蒼銀的碎片

5

# 目錄
CONTENTS

Fate Prototype
蒼銀的碎片
5
櫻井光
原作 TYPE-MOON
插畫 中原

# **Knight of Fate** ACT-1

死者無可復生。
逝去之物不復返。
無論有何奇蹟，
唯存於當下之物得以變革。

望能於此末世再賜救贖。
聖都重現。
王國受領。
七首十冠之獸，現於漣漪之彼端。
罪愆深重之物。
汝之名乃敵對者。
其性貪婪。
祝詞化為冒瀆，呼嘯而至。

在此以遍布之奇蹟為基礎。
藉由悖論，證明已逝主人曾經存在的愛。

Fate/Prototype
蒼銀的碎片

「Knight of Fate」

在海濱某處，類似咖啡廳的地方──

響起多年前的流行西洋樂曲。
周圍見不到卡式錄放音機或電唱機等音響器材，應該是來自有線廣播吧。

那是日本也曾紅極一時的美國電影主題曲。節奏感十足的女性歌聲，與少年們為尋找海盜寶藏所展開的大冒險相輔相成，讓聽眾的心也跟著躍動起來。能在店裡漫度午後時光的客層中，也有幾個人表情愉快地聆聽歌曲。

可是，坐在窗邊座位的兩個人，反應大有不同。

「為什麼要叫聖杯？」

其中一人是個少女。

她對店裡播放的旋律充耳不聞。

身穿翠綠色洋裝的模樣，只有優美二字可言。

端茶的高雅動作、端莊的表情，都是如此清新脫俗。彷彿對時下流行的電影或西洋音樂都一無所知，甚至難以想像她踏入電影院的樣子。甚至可以說她比較適合在自家放映室裡，將黑白膠卷裝上放映機。

少女名叫沙条愛歌。

在西元一九九一年二月某日的現在，她是魔術協會及聖堂教會所確認唯一殘存的主人，已然是聖杯戰爭的實質贏家。樞機主教所帶來的大小聖杯，當作已落入她手中應也無妨。

一旦完成儀式，啟動地下大聖杯，少女就能實現自己的願望吧。

「——」

與她隔桌而坐的另一人是個男性，青年。

金髮碧眼的外表，看似來自異國的訪客。

是人類嗎？不，他不是人。

他無疑在人類之上，體內蘊藏的魔力、膂力、技能等眾多特性都遠遠凌駕正常生物。堪稱具有人類形體的戰鬥兵器，且更勝於種種在人類歷史中琢磨至極的現代兵器。手中之劍無物不斷，被他盯上的，也沒幾個逃得掉。

他，就是英靈。

正確的說法，是稱之為使役者的靈體。

將不過是無稽之談的傳說、神話、空想，人們期許的共通幻想，透過聖杯之力重現於現代——即現界之物。有人稱之為最強的幻想、窮極的神祕，而他們也確實擁有配得上此般稱呼的能耐。

與手持咖啡杯的少女對話的這一刻，他身著的服裝印象是黑色。

但發揮英靈實際價值時，給人的印象是蒼藍與銀白。

蒼銀的騎士。

受聖杯及主人愛歌召喚的最佳使役者。

所配得職種為劍兵。

他保持沉默。

只是靜靜聽著少女的唇中流洩出的聲音、言語。對於有線廣播所播放的音樂，他應該是從不曾留心吧。即使其他桌客人懷念地微笑、笑談自己也曾經有過電影主角那樣的冒險夢，他也感受不到絲毫愉快氣氛。

少女與青年，兩人相對而席的桌位，隔絕了許多外界的侵擾。

儘管實際上並沒有設置那一類的結界，卻有如身在結界之內，瀰漫著一股無可動搖的寧靜與安詳。彷彿是對於七人七騎在遠東城市東京廝殺到最後，即將抵達的某種盡頭——抑或是可能存在於彼端的終局，有些許的預感。

「呼喚奇蹟，實現願望……

你不覺得這麼棒的魔術，應該搭配一個更和平的儀式嗎？」

少女——愛歌說道。

用的是談論有線廣播般的輕柔口吻。

「劍兵？」

並呼喚他的名字。

即使不是真名，只是在他短暫現界期間指示其職種的名詞，那依然是指稱具有使役者身分的他。因此，那兩字說得少女眼光蕩漾，頰泛紅潮。

任何人都能一眼就明白吧。

沒錯，這個如花似玉的少女愛上了他。

「對啊，聖杯裝的不該是血。」劍兵輕聲回答。「聽說那原本是用來盛裝無法觀測具體形象的奇蹟、人們的願望。當它注滿，真主的威勢就會湧現。」

「呵呵。不裝滿願望，聖杯就不會啟動？怎麼跟狀況剛好相反啊。」

愛歌笑道。

宛若聽見愛人說出意想不到的玩笑。

但事實上，兩人的對話完全稱不上是下午茶的雜談閒聊。藏於東京某處的地下大聖杯(Saint Graph)，即樞機主教暗中帶來的仿聖杯，無疑是實際存在的。在聖杯戰爭就要迎接終局的這一刻，萬能願望機真的會啟動嗎？真的會如聖堂教會所言，能藉由小聖杯(Symbol)與大聖杯所觸發的儀式，抵達萬物的「根源」所在嗎？

又或許，結果會是——

「…………」

劍兵眼中浮現了一些畫面。

那碧藍的眼眸，映照的絕不只是坐在桌前微笑的少女。

這一瞬間他閉上雙眼，注視自己的記憶。

蒼銀的騎士，回想起消散於東京的英雄們種種遺緒——

魔術儀式聖杯戰爭。

由魔術師（Master）及英靈（Servant）組成的七個陣營，進行七人七騎的廝殺。

使役者們形同空前絕後的神話再臨，其威能與破壞力皆無比驚人，戰鬥及影響規模，自然會出現逐漸擴大的趨勢。

然而，有件事絕不能誤會。

聖杯戰爭並非單指戰鬥。

為何魔術協會對這次由聖堂教會主辦的聖杯戰爭有所回應，切勿遺忘背後的真正緣由。

仿聖杯第●●●號。

就某種層面上，堪稱最強大的聖遺物，也是儀式的中心。
換言之，是為了成就我等魔術師的大願——抵達「根源」的漩渦中心。

說到聖堂教會——
說穿了，聖杯即正如某樞機主教所言，是萬能的願望機。
聖杯喚出的七騎英靈，是堪稱奇蹟的不可能召喚物。只要奉獻他們充滿絕大魔力與神祕的靈魂，聖杯就能真正啟動，成為願望機。

英靈們不只是戰鬥兵器。
事實上，他們的戰鬥能力，的確是魔術師在聖杯戰爭中必須大為倚賴的要素。
但那也只是要素之一。

在聖杯戰爭這場魔術儀式中，英靈也是最後的儀式觸媒。
為實現我等大願與抵達根源，必須將七騎英靈之魂獻予聖杯。
此為無可撼動的事實，也是聖堂教會及魔術協會的最高機密。（只要我等仍需謊稱「聖杯也會實現你的願望」以使喚本質不過是觸媒的英靈，此事就必須保密。）

或是——

勝者的願望並非抵達根源，又或者只想用六騎英靈之魂填滿聖杯——

只希望閱讀此篇記述者，是我家系中懷抱大願之人，言盡於此。

再次提醒，千萬切記。

戰鬥、爭鬥不過是聖杯戰爭的其中一面。

比如說，即使發生打倒七騎中的四騎，再使另外兩騎與自己所召喚的一騎效忠於你（無論是藉由說服等任何方式）等狀況。

聖杯戰爭這個儀式也仍未結束。

將七騎，或六騎英靈之魂獻給聖杯吧。

為了締造奇蹟，盡數屠戮以奇蹟之名接受召喚的英靈。

那才是聖杯戰爭的本質。

（摘自某冊陳舊筆記）

——光流、輝耀、熾熱。

在劍兵重現腦海的記憶中。

見到遭眩目光輝化為煙塵的狂獸（狂戰士）。

最初及最後與其遭遇的地點，都是同一處——杉並區玲瓏館邸。狂戰士屢次攻擊那個看似魔法師與其主人的據點，目的應為打倒魔法師陣營，但狂獸卻落得不幸慘敗，退出聖杯戰爭的下場。

劍兵對他的第一印象，果不其然是瘋狂的野獸。

令他聯想到現實的不列顛王傳說中，他過去戰鬥記憶裡的狂吠之獸。那是擁有蛇首獅身鹿腳的畸形魔獸，匯聚憎恨與惡意，怒吼呼嘯的森林巨獸，與狂戰士當時的模樣確實有幾分神似。

同樣是憎恨、嫉妒眼中所見一切，齜牙咧嘴充滿惡意的異形。

在應是玲瓏館家千金的女童前張開血盆大口，揮舞銳利鉤爪逼近的模樣全然是個魔物。

劍兵當下認定，他是值得以劍相抗的對手。

可是，在玲瓏館黑森林中經過數回合交戰，劍兵對他的認知有所改變。

（……他是憑自身意願拋棄理智。）

劍兵十分肯定。

狂戰士是賭上自己每一分血肉，甚至靈魂，來成為一頭完全的狂獸。

雖不知他隱藏在外表下的最終目標，是打贏聖杯戰爭還是實現願望，總之那顯然是刻意的瘋狂。的確不負使役者位階第二的狂戰士之名，那是他強大力量的指標，同時也是利器。

為成就大義，不惜背負惡名——

劍兵也曾見過那般蘊含鋼鐵意志的雙眼。

（阿格凡，真沒想到會在這裡想起你。）

劍兵回憶著自己從前的屬下、同胞、圓桌武士的側臉，在心中定義狂獸的存在。那並非單純的野獸，也不是魔獸、惡意或欲望的形象，而是為了某種意義，挾窮極之力現界，不折不扣的一騎使役者。

當然，阿格凡沒有野獸的外表，也不是暴虐之人。

純粹是精神的問題。

兩人眼中深處的意志之光，有那麼一絲相似——

儘管如此微小，也給予劍兵十足的肯定。即使扣除自己對戰場直覺的些許自信，他依然毫不懷疑。然而雙方並不會因此產生對話的可能，劍兵也不會放慢劍速，狀況不容停戰或留情。

但即使如此，劍兵仍相信自己不是在消滅害獸，而是在進行一場光榮的戰鬥。因此，他期許下次再戰時，可以是一對一的決鬥。

「這是我的戰鬥，如果可以，請你們不要插手。」

可惜願望沒有實現。

雖然劍兵的劍已事先貫穿了靈核——

不過最後是槍兵以巨槍奇襲，弓兵從黑森林暗放無數冷箭，現身於飛翔之「船」的騎兵放出了死亡之光，從天而降，彷彿無窮盡的魔力放射擊潰了狂獸，使他從地表徹底消失。

最後，向夜空高伸的鉤爪。

究竟意味著什麼？

事到如今，劍兵仍沒有正確答案。

他不知道對方的真名，只有他八成是狂戰士這麼一個猜測性的資訊，也不曾交談。留在記憶中的，只剩他的精神與模樣。即使同時面臨多名使役者猛攻，他也從不逃竄，正面相對。那份蠻勇、瘋狂、某種純粹，在劍兵眼中有如虛幻之美與驕傲的結晶。

——大電光。一道流星。

重播的第二場記憶。

那是在東京灣決戰中，神王（Rider）與弓兵（Archer）激鬥的身影。

劍兵未能在神殿內見到前者騎兵的風采，兩次明確目擊都是發生在神殿決戰前。第一次是狂戰士戰死的玲瓏館邸，第二次是沙条家附近，與愛歌一起遭遇槍兵的公園。率領神獸斯芬克斯，君臨夜空的神王曾這麼說道：

「蝕世女神（Potnia Theron），以及她的守護騎士啊，就在今晚，此時此刻，余領悟了自己降臨現世的真正使命。余是為了誅殺你們而存在。」

說話的對象不是劍兵。

騎兵眼中看著的是少女愛歌，不是他。

奧茲曼迪亞斯。騎兵高聲宣告自己的真名，並說道——

要為了實現正義，將遠東之城與所有邪惡焚燒殆盡——

問愛歌對他所說的邪惡是否知道些什麼，愛歌卻只是含糊地淺淺一笑，表示只要聖杯戰爭還在持續，過程中遭到其他英靈敵視是理所當然之事。

劍兵相信了愛歌的話。

不，他是明白愛歌的話在某方面來說是完全正確，同時也不由得懷疑她有所隱瞞的感覺

——

沙条愛歌。成為劍兵主人的少女。

擁有「天才魔術師」這個字眼所難以言喻的某種東西。

從她收服刺客，甚至將魔法師也納入麾下的現況，已經顯而易見。她身懷不僅是魔力的某種魅力，或者是力量，就連現界為使役者的劍兵也無法理解。

儘管劍兵對於不善偵測或調查的自己感到憂心——

可是他能將注意力放在愛歌身上的時間，沒能維持太久。

「余已下定決心！

要以余與諸神之威勢，燒卻欲侵吞此星球的邪惡！」

神王揚言要將東京連同一千多萬市民化為焦土，並具現出足以實行此一狂妄預告之物。

那就是突然出現在東京灣上空的巨大結構體，神祕的極致表現之一，魔術師世界傳說中的固有結界，騎兵最強的寶具「光輝大複合神殿（Ramseum Tentyris）」。

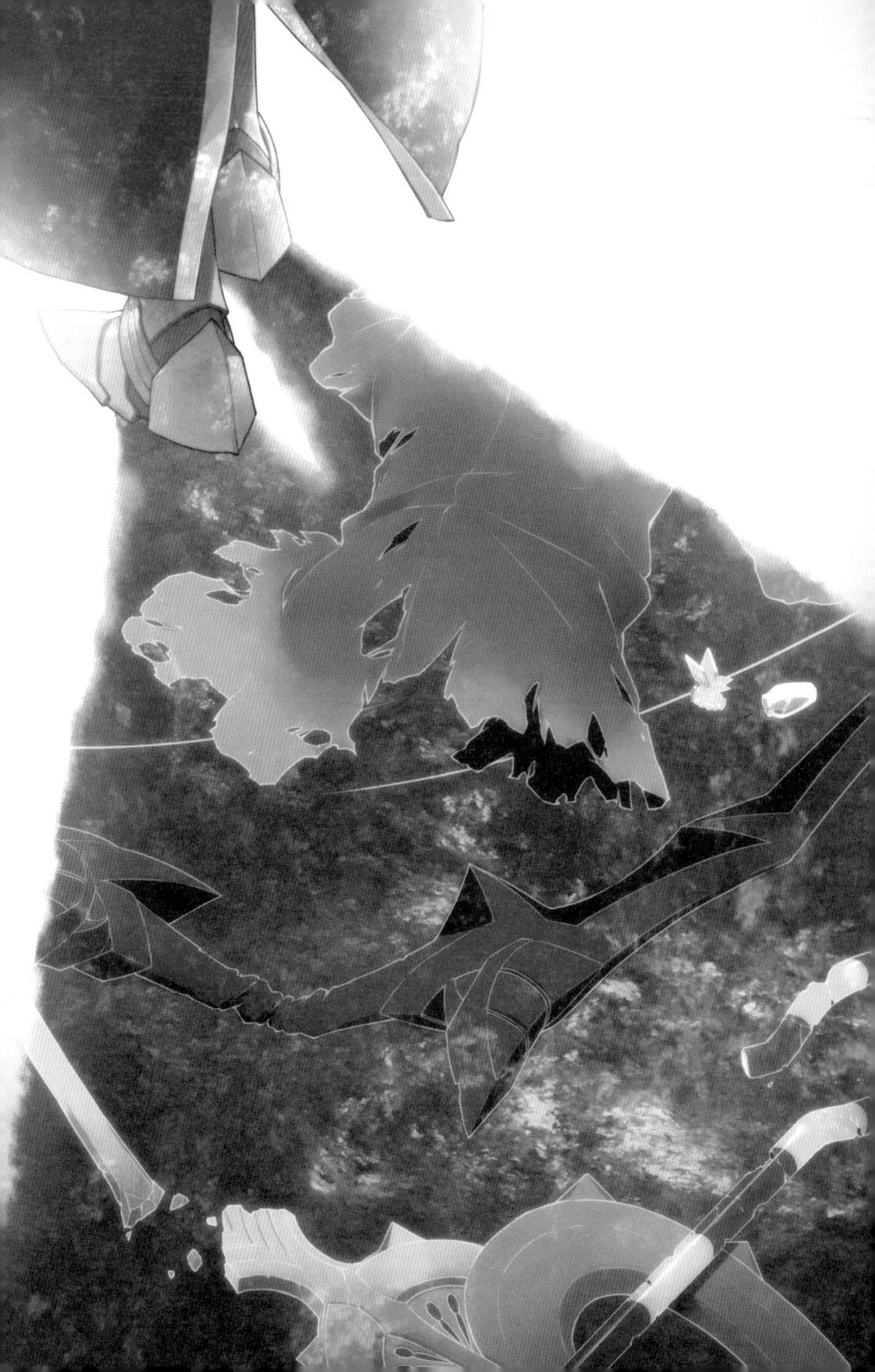

所剩時間實在太少。

神王的寶具盤踞東京灣，瞄準了整個東京。

於是劍兵隻身闖入大神殿。無論騎兵有何意圖，愛歌邪惡與否，都不能讓無關聖杯戰爭的無辜百姓喪命。那是理所當然的判斷，也是必然的單獨行動。

隻身。單獨。非也。

途中出現了意外的援軍——弓兵與槍兵。

槍兵很快就銷聲匿跡，潛藏在神殿內大迴廊的某個角落，留下弓兵與劍兵攜手奮戰，接連破壞因神殿特效而無限再生、不斷襲來的岩石神獸——

最後，他見到了。

那救世的一箭。

劍兵高舉十三道束縛解放不到一半，無法完全發揮真正力量的聖劍準備出擊。而就在他身旁的弓兵，卻是投注每一分力量、每一寸靈魂，解放真名。

劍兵在當下也感受到，只憑無法完全解放的聖劍，不足以打倒在自身固有結界中肆虐的騎兵奧茲曼迪亞斯，摧毀神殿最深處主砲「丹德拉大電球」的電光。然而在弓兵的全力一擊，藉由伴隨解放真名的絕技一箭與聖劍光芒交融下，產生了足以迎擊大電光、破壞主神殿、崩潰固有結界複合大神殿的威力。

「——流星（Stella）一條！」

圓桌武士之一的帕拉米迪斯，曾提過他的英勇事蹟。

說他的箭，能劃開大地。

能達此偉業者，世上獨一無二。他就是東方的大英雄，在帕爾斯（波斯）之地無人能與之並駕齊驅的神射勇士，以無血方式終結帕爾斯與圖蘭兩國長年戰爭的男子，用其巨弓達成至聖獻身之人。

其真名為阿拉什。

讚頌他的人們，習慣稱他為捨生取義的弓兵（阿拉什·卡曼格）。

在最後一刻，他的精神使劍兵大受感動。

因為救世英雄弓兵不畏自滅，毫不猶疑地就解放寶具。沒錯，如同古老的傳說所述，弓兵射出那超人的一箭便全身四分五裂而亡。他奉獻毒病不侵，也不曾在戰場上受過傷的無敵肉體，因而造就了最高射程逾二五〇〇公里的流星。

「雖然後世傳說裡也有提到我平安回來，不過，就是……那個歸那個。因為我是真正的阿拉什·卡曼格嘛。」

在崩潰的神殿中，弓兵這麼說。

雙腳、手臂、胸腹片片碎裂，徐徐消散。

「聽好了，劍兵。」

聲音模糊不清，肺也碎了吧。

「你做的是對的事。」

頸上，看得見裂痕。

「東京那些人——原本和我們一點關係都沒有。」

弓兵已經連自己的聲音也聽不見了吧。

「可是，他們仍然是無辜的百姓。

和我們過去守護、愛惜的那些人沒有什麼不同。」

話聲逐漸被神殿崩塌的巨響掩蓋。

「我就到此為止了。

騎士之王啊，帶著榮耀揮舞光輝之劍的人啊。」

——你要對聖杯許什麼願望？

在完全消滅的那一刻所說的話，確實傳進了劍兵耳裡。

——翡翠光輝。青藍火焰。

重播的第三場記憶。

那是美麗槍兵揮動絕大巨槍的身影。

首次遭遇，是在池袋的知名摩天大樓陽光城60底下的會戰。她將槍頭巨大如盾之槍輕盈操持的模樣，恍如進入夢遊，或是童話故事中的幻想。

第二、第三次遭遇，那種印象依然不變。

那夢幻少女槍法雖然高超，卻似乎心懷猶豫。

「……我會很為難的。」

每一次，她都是愁眉不展。

但到了最後一次，東京灣上神殿決戰三天後那晚——

在JR阿佐谷站附近的混合大樓頂遭遇她時，印象與過去判若兩人。她那堪稱特異的強烈氛圍，與英靈特有的氣息有幾分差異，令劍兵想起人們還稱他為王，日夜征戰不休的那段日子裡，所偶爾窺見的超自然物體。

湖中女神。星之內海。阿瓦隆。

與魔獸禍國殃民，有如暴風的神祕不同，是種尊貴不凡之氣。

還是槍兵原本的身分，比較近似那一類？

這疑問也曾化為言詞流出唇間，然而對方沒有回答。

「哇哈哈哈哈哈哈哈哈哈哈哈！」

在高聲訕笑同時，槍兵揚起巨槍——膨脹成與首戰時完全不能相比的誇張剛槍，猛襲而來。先是有如要劈開空間的一斬，再來高速連擊，挾帶超高溫的青藍火焰。捲焰逼來的死亡之牙，宛如遠古諸神降下的憤怒。

（原來如此，好強大的力量。）

劍兵心中同時產生驚愕與理解。

主人愛歌經常獨自一人，或是帶著刺客與魔法師不知上哪裡去了，而這晚卻難得地以無聲之聲捎來聯絡，說她打算在今夜，解決槍兵這個算是最後的敵方陣營。

『主人是沒什麼好怕的……可是槍兵就不一樣了。憑我自己應該是殺不了她吧。』

聲音與過去的時日並無任何不同。

即使是不透過聲音傳達之語，少女的從容也沒有絲毫動搖。

『搞不好還會被她殺掉喔。』

開什麼玩笑——

劍兵沒有這麼回答。

他對魔術師專屬的祕密世界並不熟悉，除了聖杯自動給予的知識以外，就只能靠梅林平日的建言來判斷。但儘管如此，他仍認為魔術師沙条愛歌無疑是個天才，甚至單獨對上一般使役者也能輕鬆戰勝。可是——

『我實在很不想讓傷才剛好的你做這種事。』

愛歌絕不會說謊。

儘管會有所隱瞞，但她絕不出虛言。

這份確信十分強烈。

且不論她對其他人如何，至少那名少女不會對劍兵說謊。沒錯，正如同阿格凡。哪怕背後有何圖謀，他也不會真正背叛，一切都是為了成就崇高的理念。阿格凡的所作所為都是為了不列顛王國，那麼愛歌——

無論為了什麼，總之她說的是事實。

愛歌應該率領刺客和魔法師去了其他地方，所以現在能打倒槍兵的，只有持用聖劍的自己了。有三騎士之稱的弓兵與那個強大的騎兵，以及肉搏戰極為強悍的狂戰士都已經不在了。

道理上是說得通。

但劍兵覺得非常不對勁。

槍兵發生巨大變異的氣質、言行和那渦漩的瘋狂，究竟從何而來？

「能讓我愛得那麼深那麼強烈的人，就只有你一個啊，齊格魯德。齊格魯德、齊格魯德、齊格魯德……！」

「妳錯亂了！我是殺過龍，但不是妳說的人！我是——」

「哇哈哈哈哈哈哈！」

完全無法溝通。

劍兵不斷從樓頂飛竄至另一個樓頂，不消幾分鐘就抵達新宿新都心，並在地上高度達二三〇公尺的新宿住友大樓頂，再度展開激鬥。槍兵那已逾五千公斤的巨槍削去了部分樓頂與空間，一掃就在夜空中留下巨大焰弧。

好強。層次與先前交鋒時截然不同。

在這幾個回合，明顯是槍兵佔上風。

原來如此。愛歌說得沒錯，即使她精通再多系統的魔術奧義，又帶著兩騎下屬，面對近身戰強化到這種地步的使役者仍處劣勢，更遑論槍兵現在的各種屬性，包含反魔力技能等級在內，都很可能有急遽提昇。

（好快、好重——好強！）

如此高度的強化，實在非比尋常。

會是她所解放真名的某種未知寶具嗎？愛歌說過她「隨時保持在發動原初符文的狀態」，想不到早已亡佚的神話時代魔術刻印，會有這麼巨大的力量，劍兵只能以驚愕來迎接這個現實。

「你去死！你去，死！去死，死，死，去死————！」

「槍兵！」

「怎樣～」

「妳不是在騎兵的神殿，說過要和我進行一場榮譽的對決嗎！」

劍兵追溯記憶，並大聲呼喚。

力量比不上她。既然絕招已經暴露，就只能咬牙撐住，尋找勝機。

可是這份瘋狂，甚至超越狂戰士的狂亂靈魂是怎麼回事？

她為何會如此瘋狂，嘶吼得如此淒厲？

「金星（Flare）。」

她的答覆，是一塊甚至要掩覆夜空，宏偉壯闊的巨石，且纏繞著青藍火焰。

那股巨大質量蘊含了驚人的魔力。從它以司掌金星的女神命名來看，也許是從天空彼方召喚而來的星辰碎片，或是一整顆小行星吧。儘管毀不了整個東京，砸上地面也必然會奪走數以萬計的人命。

「來吧，齊格魯德。」

「為什麼！為何要牽連東京的無辜人民——槍兵布倫希爾德！」

「我要動手了，我要動手了。

我要把他們都殺掉了。你知道該怎麼做吧，劍兵？」

她已充耳不聞。

持槍少女的靈魂，已經被瘋狂的火焰燒乾了？

那麼，現在該做的就只有一件事。

解除聖劍的風王結界——

灌注所有剩餘魔力全速衝刺，將那黃金劍身刺入她的胸口，一劍決勝負。

「……刺得好……」

當時，滿溢在槍兵眼裡的是什麼？

「不能讓……潛藏……在……

大聖杯……裡面的東西，降生……到這個，世界上……」

是四散的魔力殘光，思念的渣滓？

「別讓世界……」

是眼淚？

還是鮮血？

「愛歌，妳說得沒錯。」

在海邊的咖啡廳窗邊，劍兵睜開雙眼。

一身翠綠的少女映入眼簾。

經過一次呼吸的時間，劍兵繼續說下去。

心中緬懷著曾獲虛假肉體的已逝四騎——秉持驕傲而消散於光流中的英雄，為某種正義而企圖焚盡東京的英雄，為守護無辜百姓而潰散的英雄，身纏瘋狂之火仍舊託付了世界的英雄。

「聖杯是來自人們的意念……可是很遺憾，大多數人所求的並非基於善意，而是名為欲望的惡意。」

劍兵所說的，是昭然若揭的事實。

所以聖杯戰爭才能成立。

這說明了居於儀式中心的大聖杯，為何不是用於彰顯真主威勢的聖遺物，而是以萬能願望機的形式存在，以及魔術協會為何會提供全面協助，並且擁有各自世界觀的魔術師們，為何願意投入這場死鬥。由於聖杯囤積了無數人的欲望，囤積了太多不潔之物，最後發生某種層面的變質。

聖杯已無法造就真正的奇蹟。

實現願望，並不是至高無上的真主所帶來的奇蹟。

「聖杯在這場戰爭開始之前，就已經瘋了。」

即使如此。

這副軀體——

——劍兵心中，仍存在著一個願望。至今不渝。

縱然相隔千古，到了這二十世紀的現代，他的決心也毫無改變。

必須實現。

無論其他心懷宿願，為聖杯聚集而來的人得流下多少血也一樣。

從他呼應召喚而現界的那一刻起，他就已經做好了這種覺悟。

——可是。

世界。

沒錯，槍兵說的是世界。

那是她化為魔力粒子消逝的同時，所留下的遺言。

不像是瘋狂的胡言亂語。至少在那瞬間，槍兵布倫希爾德所說的話，應該是發自真心。

原因和狂戰士那次一樣——是眼神。經驗累積而成的直覺，並非推論或邏輯。

劍兵知道那是什麼眼神。

他見過很多次。

那是臨死前託付遺願，湛發純粹光芒的無垢眼神。

劍兵絕不會忘記那種眼神。儘管此身會反覆毀滅，近乎無限地重複現界，只要他的靈魂還存在，就永遠不會忘記。

因此，這副身軀可說是為扮演劍兵角色，而導入聖杯戰爭。

（我的願望依然不變，不過……）

劍兵對自己問了個但書。

——假如來到這遠東之地的所謂地下大聖杯，其實是侵蝕世界的邪惡呢？

「…………」

蒼銀騎士沉默不語，再次閉上雙眼。

為了審視更為久遠的記憶。

——那是遙遠的年代，同時也是戰亂相伴的歲月。

腦海中重播的記憶。

是仍在不列顛時的過往。

距今約一千五百年前，五世紀時的不列顛島，處於酷烈的戰亂漩渦中。

在強大的世界帝國邁向黃昏的時代動盪中，史稱民族大遷徙的重大歷史事件也將其觸手伸向了不列顛。具體而言，撒克遜人渡海求生，但不列顛群島土地有限，帝國時代或更早以前的當地居民，便自然與新移民發生衝突。

侵略者與現居者。可說是一場悲劇的邂逅。

不列顛人就此與撒克遜人征戰不休。

為了生存，為了活下來。

然而，敵人並非總是來自外界。

例如居住於現今蘇格蘭地區的皮克特人。這是一支人高馬大，有時甚至喚作巨人的強大異族。他們戰意強烈，不時襲擊鄰近聚落。而且在神祕色彩遠比大陸濃厚的不列顛森林、豐饒山野中，還棲息著各種能將人一口吞噬的大型魔獸。

在這個外有撒克遜人渡海襲來，內有巨人魔獸威脅，且掌管不列顛各地部族也非團結一致的狀況下，堪稱內亂的紛爭頻頻爆發。

眾多暴力蹂躪全島，燒毀村莊、踏平莊稼，無數人死於非命。

祖國再也沒有和平可言。

就連能擊殺巨人或魔獸的勇猛騎士，命喪導致民族大遷徙的撒克遜人暴威之下者也在所多有。即使一己之力再單薄，團結起來也能戰勝猛獸，組成大軍更是連英雄也殺得了。

當然，英雄會從埋伏學到教訓。

一騎當千的驍勇騎士與諸王，一再抵禦撒克遜人、巨人與魔獸的侵擾。

暴力以不列顛為舞台不斷反覆衝激，烽火連年……彷彿沒有一天不流血。在偉大的不列顛王烏瑟，敗於企圖利用撒克遜人統一全島的卑王沃帝根手中時，甚至有人哭號不列顛的未來將永遠籠罩在黑暗之中。

他——現在以劍兵身分來到西元一九九一年東京的他，就是在這黑暗時代之中繼承烏瑟的不列顛王位。

並從石中拔出選王之劍（Caliburn）。

如同輔佐烏瑟王的魔術師梅林所預言。

為了成為明君。

為了拯救不列顛。

為了守護眾多人民——同時對必將殺害更多人作好覺悟。

「唉，你真是選了一條艱辛之路啊。」

劍兵仍記得美麗的魔術師(梅林)為難地如此說道。

他從很久以前就下定了這樣的決心，所以心中毫無迷惘。

他也有自知之明，要為除去障礙而拔劍，為人民奉獻一切，捨棄自己「人」的一面，成為一名單純的「王」。

於是他拔起了那把劍，成為不列顛的新王。

亞瑟・潘德拉岡。

守護不列顛的「紅龍」，梅林所預言的超越人類之王。

歲月如梭。

繼位後，轉眼就是幾個寒暑。

經過多次戰役，新王的名聲開始在島上流傳。

就在這時，妖姬摩根——父王烏瑟的親生女兒與自己的皇姊，不僅屢屢拒絕積極協助，還反過來陷害他——使他失去選王之劍。所幸不久之後，湖中女神賜給他星之聖劍。

緊接著，他聽說有一團隸屬於卑王沃帝根的撒克遜人出沒於北方邊境，便帶著少量騎士策馬剿敵，一如既往地迅速消滅異族戰士。

以龍為心的肉體所向披靡，宛如神話時代的戰士。

由數十人組成的戰士團，幾秒鐘就被悉數斬倒在地。歡騰的喝采，全是來自己方騎士與隨從，彷彿發自冥界的慘叫與哭號則全屬敵方。戰況完全一面倒。

可是，他聽見遍野哀鴻的另一頭，傳來別種聲音。

像是——某人的聲音。

他立刻跳下馬背，以快過馬的速度奔馳，尋找聲音的來源。很快地，他穿過森林之後發現一個徹底被毀的聚落，應有的田園景緻蕩然無存。屋舍不是頹圮就是燃燒，倉皇逃命的村民鮮血染紅了田地。沒有任何活人的動靜，牲口也無一倖免。

那景象與戰場上的血腥不同，敘述著單方面的殺戮。

是撒克遜戰士幹的？即使感到全身毛髮倒豎，他也忍下了怒氣。沒有流於憤怒，著手尋找倖存者。

在隨後而來的騎士們終於趕到時，他找到了一個。

是個幼童。

可能是躲在家裡，卻被燒垮崩塌的房子壓倒了。原本用來守護家人的家，卻反而傷了他。全身受到多處重擊，手腳皆有骨折，內臟也顯然受了傷，仍有意識已是奇蹟。

幼童已經瀕死。

在他懷中，幼童說話了。

那正是他先前聽見的聲音，內容也一模一樣。

「國王……潘德拉岡王……」

那夢囈般微弱的言語，並不是因為知道懷抱他的人物就是亞瑟王。在彌留之際，幼童祈禱的對象竟不是神，而是國王。

「我……死了……沒關係……」

「什麼話，你不會死的。對，我亞瑟王不會讓你死。」

「所以拜託國王……」

他已經聽不見了。

流出幼童耳朵的紅色液體，表示他內耳也有損傷。

「……請保護我的妹妹、媽媽、爸爸……」

他的妹妹、媽媽、爸爸。

都早已葬身火窟。

不知情的幼童，仍繼續祈禱。

「……保護每個人……」

保護每個人——

見到這名幼童為家人祈求愛與安寧而斷氣，情願犧牲自己換取家人朋友的平安，亞瑟・潘德拉岡的回答，是沉默。

深深地、靜默地，自覺身為王者的義務。

——拯救不列顛。

——保護人民免於所有艱辛苦難。

——建立無辜百姓得以安身立命的永續王國。

往後的歲月。

即使身處無止盡的征戰中，他也時時提醒自己。

討伐卑王沃帝根。白龍。

甚至與步入衰敗的大帝國決戰，以及與叛徒莫德雷德的最後一役也是如此。

在卡姆蘭丘——

留下無數屍骸的山丘。

即使立於死亡淵藪，他，亞瑟王也依然在追求那個目標。

所有傷痛，他都必須承擔。就算對方是真主他也不願退讓，更重要的是，哪怕要犧牲這

條性命，要就拿去吧。

我的靈魂，所求的只有一件事。

那就是拯救祖國（不列顛）。

在這片土地上，建立再也不需要讓幼童付出自己生命的國度。

——神啊，求祢賜予這片土地救贖。

Fate Prototype
蒼銀的碎片

# **Knight of Fate** ACT-2

一九九一年二月某日，深夜。

東京都豐島區，ＪＲ池袋站附近。

『既然我們共事一主，不如就竭力合作吧。』

骷髏之女（刺客），佇立在都市陰影中反思此言。那是同樣以使役者身分現界的術之英靈（魔法師）所說的話。說得輕描淡寫，彷彿是在講大道理。但若是能聽出話中的真正涵義，正常人對這種理應唾棄的內容都會大皺眉頭吧。言者滿腹經綸且從容不迫的口吻，更加倍突顯他的低級嗜好。

但是，刺客沒有任何感覺。

她接受了主人的命令，需要的就只有行動。

為了在聖杯戰爭中勝出的尊貴主人——沙条愛歌，竭盡心力本來就是理所當然。直到這身虛假肉體崩潰消散，化為一縷乙太為止，要做的就只是奉獻體內殘存的每一分魔力。若有必要，別說靈核，連靈魂都能獻上。

「愛歌大人，我的主人啊。」

刺客從陰影中踏出一步。

在星光沒什麼意義的東京夜晚，月光成了例外的光源，照亮她的臉龐。並非素面，是白色的骷髏面具，與古老暗殺教團歷任教主所戴的十分相近。在刻於英靈座之前，仍具有人類生命的時期，她也曾經戴過。

模造死亡的面具。

她一身易於融入黑夜的黑衣與褐色肌膚，使她在構成都市的無數建築物投影之中，看起來就像只有一顆骷髏頭飄在空中。黑衣與白骨。這種有如西歐死神形象的模樣，會是順理成章的歸結，還是天大的諷刺？

若換作其他教主，答案還不一定，但刺客認為，真要算起來自己一定是後者。現界第十四天——也能說是聖杯戰爭第十四天吧——因為深夜廣播節目中論及的「晚上十一點的死亡瑪麗（Death Mary）」，終於化身為現代的死神了。

第一次動手，是在前天。此後的次數早已數不清了。

「為了比月夜更高貴的您，要多少我都會如數奉上。」

自唇間流洩而出的並非祈願。

那不過是表示無限感激的宣言。

時刻已過深夜兩點。若只為確保魔力供給而獵食人類靈魂，是該避開這段時間，但以死神身分活動，當然不該有任何限制。即使在這時間，公車或電車等都市交通網都已停擺，人群早已消散也無所謂，至於遭遇鬧區夜晚管理者（黑道）的機會提高，當然也沒有任何關係。

既然有令在身，奉令行事即可。

就算面對身上暗藏非法武裝的集團也一樣——

「…………！」

啊，聽到聲音了。

一道求救的微弱呼喊。話剛說完就出現了。

深夜的都市，尤其是小巷，有種原生天然林的感覺。要是草食生物傻到誤闖禁地，很容易遭受齜牙垂涎的肉食動物大批圍攻，大卸八塊生吞活剝。即使到了二十世紀的現代，這樣的社會陰暗面與刺客在世時並沒有多少分別，主要只差在比率吧。

在原處留下一陣呼吸後，刺客就失去蹤影。

完全透明。

既與光學手法的隱形不同，也異於利用構成英靈（使役者）肉體的乙太，以達到不可視特性的靈體化。

正確說來，是阻斷氣息的技能。

是現界時為影之英靈（刺客）者，所配備的超常絕技。

即使像這樣大搖大擺在街上走，旁人也看不見將氣息阻斷到極致的刺客。別說走路歪七扭八的醉漢，就連夜視能力極佳的貓，錯身而過時都無從察覺。刺客生前也學過各種隱身技能，但原理和細節都有許多不同處。要說起來，還比較接近魔術師們使用的魔術。

刺客就這樣在無人得見、無從感應的狀態下，抵達目的地。

果然是小巷，光線昏暗。

——找到了。有一名年輕女性、五名男性。

「權東大哥說的就是這個妞沒錯吧？」

「會在這麼晚還穿著板橋女中制服在我們地盤閒晃的小鬼，就只有她而已啦。」

「你消息真的很靈通耶。」

「嘿～這妞不錯耶，還滿有料的嘛。是我的菜！」

「抖成這樣也很可愛耶。領福利的時間到嘍。在交給大哥之前應該能爽一下吧。」

男性圍繞著癱坐在地的女子，體格都還算不錯。

言詞間雖有些黑道特有的字眼，但從服裝傾向看來，多半是遊蕩在ＪＲ池袋站週邊巷弄，把持非法藥品買賣或非法賣春的年輕人吧。都市的黑暗面也有自己的一套規矩，他們的角色就像承包商，也可稱為黑道預備軍，儘管未必全然如此。

「……你們認錯人了。我完全沒做過什麼壞事。」

女性擠出聲音。

嘴唇與舌尖都在顫抖，是因為恐懼？

「少來了啦，每個人都這樣說：『我才沒有在你們地盤亂來，啊——救命啊——』是吧？像剛才那樣叫兩聲來聽聽嘛，警察叔叔搞不好會來救妳喔。」

「她還沒叫就會被你海扁吧。」

「哇哈哈哈，答對了！」

「我們都知道啦。你真的很愛扁女人耶～」

這群男人意圖極為明顯的威嚇，使女性說不出下一句話，緊張得直吞口水。

女性年紀大約十五、六歲吧，身上的制服明顯是高中制服。

也就是所謂的女高中生。

在東京的夜生活中，像新宿或上野，甚至此地池袋的鬧區，都有不少懂得利用肉體魅力賺取金錢的女人，這麼年輕的比較少見。假如換個年代，十幾歲的女孩在路邊拉客或許不怎麼稀奇，不過那是刺客在一九九一年的看法。

要是女性沒有那方面的組織照應，繼續做自己的生意，會有何下場？

在任何時代都沒有太大差別。只要都市陰暗面的買賣仍處在大多由非法組織作主寡占的狀況下，她就會遭到相對的報復。

稍微與黑暗有染，就總有一天會被黑暗反噬。

這是司空見慣之事，而且已重演無數次了吧。

這種場面，實在沒有多看的價值——

「別搶我的人。」

刺客解除阻斷氣息，如此宣言。

站在男性集團的正前方，彷彿要保護那名女子。

「……啊？」

「喂，她從哪裡跑出來的？」「我眼睛是不是花啦。」

「喔～穿得有夠露的，而且身材好棒！哪家店的洋妞？」

「搞什麼啊鈴埜妹妹，妳不只是自己出來賣，還有找伴啊？」

這群男性對刺客憑空出現的事實反應相當微弱。是吸食了某些藥物，還是已經喝得酩酊大醉，或者是單純蠢到沒藥醫？當作他們根本不把那件事放在眼裡或許也行，不過無論如何，他們都不是刺客感興趣的對象，無須深究。

該注意的只有一點。

就是周圍有無旁人經過。

要盡可能避免引起騷動。

「妳有沒有在聽啊？那是什麼面具？」

「這樣也不錯啊。很好，正合我意。穿這樣讓我超有感覺的！」

「所以你也要揍那個洋妞是吧？你真的很愛揍耶。」

「哈哈！那還用說嗎。這傢伙會進去蹲就是因為那個壞習慣啊。」

「她⋯她感覺還滿奇怪的，你們小心一點啦──」

看來只有一個人直覺比較靈敏。

他臉色蒼白地注視骷髏面具，冷汗直流。

其他的都是一個樣，眼睛釘在半裸的女性軀體上，閃爍著盤算如何虐待，或是施暴的凶光。暴露在熟悉到無以復加的視線與欲望下，使刺客不禁輕嘆。

四處獵食靈魂的這十來天，她也有這樣的感受。實在令人唏噓，過去和現在也未免太沒改變。人這種生物真是死性不改。

看對方是年輕女性，就會如此疏忽大意。

的確，這副肉體是能以少女形容──

但若說這群男性是在都市暗影中奔走的肉食猛獸，缺乏危機意識到如此地步，簡直和露出肚子滿地打滾無異。完全是愚蠢至極的行為。

「連嘆氣都好騷喔。」

該做的事明明只有一個。

「拿掉面具嘛。」

既然要繼續吠，後果就自己承擔。

「沒差啦，不用廢話。把它打爆就好啦。」

在露出獠牙之前，要懂得掂掂敵我的斤兩。

「別怕，死不了的。不過就是打個藥拉去當洗澡妹，常有的嗚──」

首先是第一個。

要殺掉說話最囂張的男性──不，已經殺了。

他語尾不清，是因為額上深深插進一把黑色刀刃。刺客無聲無息擲出的短刀貫穿他的頭蓋骨，破壞了腦部。還不知發生什麼事、自己怎麼了，第一名男子就已離開這個世界。

接著，是第二個。

那人見到身旁的男子頭上插了短刀，手立刻往外套裡伸，要拿出預藏的武器。雖不知他有多少能耐，至少看樣子是很慣於牽涉生死的暴力，真了不起。但儘管刺客在心中如此讚賞，對他的處置也不會改變。

噠。刺客向前大跨一步，縮短距離。

「唔……！」

第二人動作誇張地想拔出刃器或攜帶型火器，可是來不及了。由於兩人身體近得幾乎相觸，刺客又按住了他的手肘，手拔不出外套、抽不出武器。

當他心知不妙之際，為時已晚。

頸部中了一擊。

具有白刃的短刀斬斷他的頸項，當場死亡。

與身體分家的腦袋，隨著噴出的鮮紅落在柏油巷道上。

同時，第三名男子也已喪命——刺客的短刀攻擊並不只一次，是如同舞動般的斷續揮掃，瞠目結舌的第三人隨即直接挨了一刀。

刀刃砍進他的臉，以上下兩半不同的表情丟了小命。

「……………！」

女性——女高中生發出不成聲的慘叫，昏死過去。

她似乎是與某顆落下的頭顱對上了眼，嚇得兩眼一翻，癱倒在冰冷的柏油路面上。

「啊、啊、啊、啊啊啊啊……！」

這哀號聲，來自第四名男子。

他沒能避開刺客的短刀之舞。

位於刀軌上的右手掌，被平整地砍下。

動脈斷面鮮血狂噴，他也無力地頹倒在地。剛開始還想大叫，但或許是因為急速失血而導致休克，很快就變成細若游絲的呻吟。是的，那音色比之前巷子裡女高中生的慘叫還要細小。

雖然最後勉強擠出了一聲「救命」，不過他很快就會失血而亡吧。

而第五名男子見到這狀況，早已完全喪失戰意。

這也難怪。畢竟才短短幾秒，自以為是巷弄之王的同夥們就一個個變成屍骸，如此痙攣般劇烈顫抖著不斷後退，直到背撞上了牆，是極為合理的反應。

「這、是怎樣……沒聽過這種事……我們抓破壞地盤規矩的人是理所當然啊……這、這種事有需要用到外國殺手嗎……哪個神經病找來的……」

「殺手啊？」

刺客不禁揚起嘴角。

「嗯，沒錯。我不是死神，頂多只是個殺手。」

「咦？」

聽見少女靦腆——像是害羞的聲音，又見到她掩嘴而笑的可愛動作，讓男性愣愣地張大了嘴。目擊淒厲殺人現場的異常緊張也隨之弛緩。

接下來就簡單了。

毒女（刺客）踏著無聲的腳步接近他，以雙手溫柔地捧起他的臉。

「這是你答對的獎勵。」

送上致死之吻。

不消兩秒，第五人的腦功能就完全停止。

最後存活的，就只有刺客自己和昏厥的女高中生。

「……可恥。」

骷髏面具沾上了對方噴濺的一小滴血。

還得回去見主人呢，這怎麼行。刺客心想，不能讓主人見到這骯髒的模樣，要徹底淨身。無論主人是否真的是上天的使者，都無疑是必要之舉。無上崇高的人物不容玷污，也不能讓任何污穢接近她。

『愛歌大人才不會看妳。』

這時——無聲之聲在腦內響起。

感覺實在不太好。

那是魔法師的遠距對話型魔術。似乎與主人與使役者之間使用的對話術很接近，但實情不會是刺客能了解的事。

『當然，也不會看我。那位大人清澈的眼眸，無論過去、現在還是未來都只會凝視一個人，妳應該也了解這點。』

「……」

刺客盡量不回話。

不給他任何回答。

那個英靈動不動就會傳話，而刺客怎麼也不願理睬。

那種事，她當然早就知道了。

她和魔法師都不過是個工具，要獻給聖杯當燃料的六騎之一。

應登上更高境地的少女想看的，只有一個人。

不，應該說一騎。

——我已經一無所求。

——只要沙条愛歌能存在於這個世界，當我的主人，我就心滿意足了。

——我不是早已如此認定了？

——為何在這一刻想起的不是主人，而是那個少年（巽）的側臉呢。

大量少女連續失蹤事件。

大概是前天，有風聲說東京出了這種事。報上都沒怎麼提起，可是我還是聽說了。畢竟和我一樣做那種事的女生，有幾個靜悄悄地失蹤了。

結果沒想到，自己也會成為受害者。

呃，嗯。對，受害者。

我到現在還不太敢相信，自己能和以前一樣在速食店打發時間，跟你說這些事。你是那個吧，警察對不對？

咦，不太一樣？

是警察就不會繼續讓我打那種工？

哈哈，有道理。而且你好像也沒告訴我媽嘛。謝啦謝啦。不是開玩笑喔，真的。我也知道那走在法律邊緣，而且很容易被黑道盯上啦，可是我還是不想讓媽媽擔心。

……還能再見到媽媽，真的太好了。

事情就是這麼可怕。

在那之前，整個晚上都很平常。

媽媽要在醫院上夜班，不會回家。所以我打算天亮再回去，在池袋到處晃，然後被一群流氓纏上——什麼，我根本就是在打工？我不想直接說出來嘛，不講清楚又不會怎樣。

總之啊，那實在很可怕。

流氓其實沒什麼好怕的，撒個嬌還是怎樣就搞定了……雖然我知道有時候不管用，可是那件事可怕到流氓根本不算什麼。

我從不知道，人的腦袋就算分成上下兩半還是會有表情，而且兩邊還不一樣。上面是錯愕，下面還笑笑的。

你在想我現在說這些怎麼都不怕吧，那當然。

因為那時候，就只是一片血腥。我也知道用「只是」形容是挺奇怪的啦，可是後來發生的事更可怕，所以腦袋大概麻痺到現在吧。

嗯，那只是開場。

還算好的。

當時有個女生戴著像死神的面具，殺光流氓救了我——

喔，其實也不算救我吧。看到她製造出一大堆噁心屍體，我就昏倒了。醒來以後……嗯，醒來以後我就搞錯了，以為她雖然手段很可怕，但還是救了我。

我還記得她的樣子。

白色面具，皮膚是褐色吧，和曬黑的不同，很漂亮。

年紀感覺和我差不多，十六、七歲。身材很棒喔，腳很修長，腰也很細，好漂亮。那種人打我們這種工太顯眼了，如果去那種店裡工作說不定會賺翻。

啊，嗯，我繼續說。

我是在一個很暗的地方醒來的。

嗯，超黑。也不是記不清楚那裡長怎樣，應該說是太黑了，想記也沒辦法記才對。然後，旁邊有很多人，大概有超過十個吧，搞不好更多。啊，是更多沒錯……從呼吸聲，像是睡覺的那種聲音，聽起來有很多人。

——可能是幾十個女生睡在那裡吧。

害怕是還好，比較懷疑這是不是現實。大概吧。

那些流氓是直接在我眼前變成肉塊，所以感覺很噁心、很可怕，不過在黑漆漆的地方有一大堆女生，感覺就像做了怪夢。

可是那裡很冷，所以我馬上發現那不是夢。

因為我在夢裡從來不會覺得冷或熱。

後來怎麼了？

我跑啦。當然是想辦法逃出去嘛。

那個面具女說不定跟外國黑道還是幫派有關係，搞不好會被抓去賣掉。我這麼想就……

呃，有想過嗎，有點忘了。或許只是覺得不逃走會出事。

有種很糟的預感。

就是直覺啦。雖然很老套，可是我也想不到其他說法，就這樣吧。

我當下就是單純覺得，留在那裡一定會死。啊，「單純」是自然而然的意思，其實我非常緊張。汗流個不停，牙齒也一直喀喀喀地打哆嗦。

那裡黑到我很害怕。

總覺得黑暗裡好像有東西。

然後——

那個人突然出現在我面前。

「我叫愛歌。」

那個人這麼說，並對我笑。

光是想起來我就想吐。

她可愛到令人難以置信。像人偶那麼漂亮，又像精靈一樣閃閃發光。雖然不是真的在發光，感覺還是很閃亮。你懂吧，就是那種亮晶晶的感覺。不懂嗎？

嗯，她是女的。女孩子。

比躺在周圍的女生小很多歲吧。我猜。

當時還是沒有光，伸手不見五指，可是她那雙晶瑩剔透的眼睛，我還是記得很清楚。

「妳好像有某種天賦喔，或者說抵抗力吧？中了刺客稀釋過的神經毒，居然還能動。」

她是這麼說的。

對，我只是照記憶說出來，不曉得是什麼意思。

「通常都會是這樣。」

她這麼說，並指向躺著的女生。

「之後會變成那樣。」

接著，她指向黑暗深處。

那裡暗得看不見，所以我很用力地去看，結果還是看不見。才剛覺得那裡除了黑暗以外什麼都沒有，我就終於看見了。可能是因為眼睛習慣了黑暗，或是其他原因吧。

還看得愈來愈清楚。

黑暗中……

有一大群數不清的女生，表情呆滯地不停走向遠方，或者說更深更深、更黑的地方。沒有手銬腳鐐，連繩子也沒綁，周圍也沒有壯漢監視——嗯，完全沒有人在監控的樣子——但她們就是不停恍惚地走。

「她們啊，全都是我寶貴的祭品喔。」

她是這麼說的。

祭品。祭、品。她說得很清楚。

啊，她是認真的。那些女生，或者說我們全部都會被她殺掉，獻給不曉得是神還是惡魔——我馬上就看出來了。

不管換成是誰都一樣。

那張臉，那雙眼。

一眼就能看出她說的全部都是真話，讓我好害怕。

「她們和妳都是。妳們的命，很快就會變成牠的養分。為自己慶祝吧，那是很棒的事喔。」

她笑了。

甚至讓人想問，究竟是多開心才會笑得那麼燦爛。

你能想像我那時候有多害怕嗎？

流氓像電影特效一樣死無全屍的畫面，根本就是笑話。

我當場就哭了。

哭得臉糊成一團，還流了很多鼻涕吧。

不管她用了什麼藥，綁架那麼多人的人用愛情片女主角那樣的燦爛笑臉，還有打從心底期盼的語氣說什麼祭品、養分讓我好怕，好想趕快逃走，除此之外完全沒有其他念頭。

咦？你問我為什麼用愛情片形容。

這要我怎麼說呢——

我不打算更正。

那絕對是女生戀愛時的表情。

真的好恐怖。

感覺不是發寒那麼簡單，簡直像緊抱著冰塊。

怕到如果不是在這麼亮又這麼多人的地方，我恐怕不敢說。你也知道的，我這種人沒辦法談什麼正常戀愛，因為戀愛這種事……

戀情和愛情，都應該是更美的東西吧？

我也不太懂啦。

呃，說到哪裡了？喔，說到她。我跟她說，希望她放過我，讓我回去。

雖然舌頭還有點麻痺，說得很不清楚，我還是拚命求她。

你猜猜看她有什麼反應。

笑了？

不對。她往我看了一眼。

就像看著小蟲一樣……有點不太對。嗯，應該是腳邊的小石頭或灰塵那種，完全不把我當一回事的眼神。嚇得我毛骨悚然，一大團寒意沿著背脊刺骨滑上來。

啊，我會死在這裡。

當時我這麼想。

也沒餘力去想媽媽會怎麼樣了。

……等一下。抱歉，我還是不該說這些。

不行，好可怕。我果然還、還在怕……這裡，真的安全吧……？

【記錄暫時中斷】

【待進行安神處置後再繼續紀錄】

不好意思，突然變得怪怪的。

對啦，已經沒事了。我現在活得好好的嘛，嗯。

不管我說什麼，她半個字都聽不進去，讓我覺得自己真的會像那些女生一樣被她殺掉的時候，對，有個人站出來了。

他救了我。

不知道在那裡多久，突然有個男生跑出來。

大概是高中生吧。臉的話應該是沒看清楚啦，因為那裡很暗嘛。

「……小、環……」

他是說「小環」吧。

感覺是某個人的名字。

可能是來救自己家人或女朋友的。說不定，我很像他要救的人喔。雖然他講話很不清楚，像呻吟一樣，只是一直叫著「小環、小環……」擋在我和那個人中間。

真的好帥。

感覺就像兒童電視節目的超級英雄。

「奇怪了？沒聽說刺客要帶寵物來耶。呵呵，寵物的寵物想咬我嗎？」

那個人對他好像有點興趣。

明明我怎麼哭，她都沒反應。

後來，不知道那個人對他想做什麼，還是做了什麼，總之戴面具的女生又像在巷子裡幹掉流氓那樣憑空冒出來，衝過去保護他。

應該是整個抱住的感覺吧。

就是如果那個人要用刀或槍殺死那個男生，她就要用背去擋的那種動作。

當時我已經癱坐在地上，從下面看著他們。

那個男生保護我，然後戴面具的女生保護他。變成這種樣子。

「我的主人……請原諒他……」

戴面具的女生說了一些話。

「我、我……

到底……要的是什麼，為了什麼……而向……聖杯……」

大概是自言自語吧。

「巽……！」

啊，最後那個應該是男生的名字吧。

他們應該互相認識。有那種感覺。

因為戴面具的女生是雙手擁抱那個……巽？還哭了起來。和我哭著求饒那時完全不同，那是……

心裡很悲傷才流的眼淚吧。

怎麼做都不對，覺得自己實在很沒用的那種眼淚。

我在池袋偶爾會看到有人那樣哭，自己也在鏡子前看過，所以覺得是那種眼淚。

然後，戴面具的女生只是抱著他哭。

男生就只是扭來扭去，沒有再說什麼。

接下來，那個人對他們很感興趣，盯著戴面具的女生看——

「妳好疼寵物喔，刺客。真可愛，就原諒妳吧。」

並且這麼說。

隨後轉向了我。

臉上堆滿笑容。

「──可是，妳就不一樣了。」

……那笑容是那麼地美，太美太可怕，嚇得我不知道亂叫些什麼之後就暈倒了。嗯，我應該是暈倒了。其實我也沒什麼暈倒的經驗，不要太肯定比較好。

畢竟我還有聽到一些聲音。

「請稍候。」

那是陌生的聲音。

有個感覺很斯文的成熟男性說話了。

「愛歌大人，屬下認為那名少女不適合獻祭。」

「刺客之後換你？你們還真關心這孩子。」

「豈敢。屬下是擔心這名少女的恐懼膨脹得有點過量，恐怕會對大聖杯的純度造成不良影響。」

「喔？」

那是什麼意思？

我哪可能會懂。

「既然少了一個，就得再補一個才行。你應該準備好備用品了吧？」

「主人英明。」

然後就沒了。

我記得的就只有這麼多。

下次醒來，我發現自己已經跑到池袋北口那邊的……呃，商店街後面的賓館街——

（摘自聖堂教會所紀錄
女高中生芳守鈴埜／記憶處理前之證詞）

過去曾提及使役者失控的可能性及危險性。

然而可能失控的，絕非只有英靈。

魔術師（主人）有時也會陷入瘋狂。

尤其是與其召喚的英靈接觸所導致的失控狀態。

堪稱特別危險。

英靈各自胸懷宿願。

殊不知我們魔術師、魔術協會、聖堂教會可以毀棄與其訂下的契約。

假如在這狀況下，有主人真心想達成英靈的宿願——

那麼聖杯這個願望機，恐將成為巨大的危險。

無論英靈心懷怎樣的願望。

（摘自某冊陳舊筆記）

東京某區，地下大空洞。

位於最深處的深淵張開巨口。

在那任何光線都照不進，毋庸置疑的黑暗之園，身穿翠綠色洋裝的愛歌，讓忠僕魔法師隨伴身旁，露出愉悅微笑，以平穩的視線凝視注滿濃鬱黑暗的地底。她彷彿是在觀賞珍藏的寶物、特別疼愛的寵物般，望著那具有陣陣詭異脈搏，不可名狀的濕黏肉塊。

看清楚了。

在地底不停蠢動的物體，以極高密度凝聚了這世上的黑暗。

那正是，意念。

那正是，欲望。

那正是，聖杯。

地下大聖杯(Saint Graph)。盛裝了人的意念、無數靈魂的巨大容器。

「……假造的聖杯。」

如同魔法師藉著至目前為止所蒐羅一切資訊而得出的確認，這並非聖堂教會或魔術協會口中的奇蹟裝置。儘管這樣的魔術物質規模的確大得難以置信，但它真的是萬能的願望機嗎？

據稱，這個聖杯是某樞機主教帶來的。

至高奇蹟的聖遺物，仿製盛裝過救世主鮮血之「杯」的仿聖杯。

原本，大聖杯需要獻上七騎英靈的靈魂才能真正啟動。但若餵食相當於英靈一騎份量的眾多祭牲，還是能啟動大聖杯。

然而，

啟動後，並不會實現儀式參與者的願望。

原因追根究柢——

就是因為這個容器本來就不是願望機。

當然，魔法師的主人不會不了解這點。

「欸，假聖杯。不，你是一顆蛋。掙扎著想誕生在這個世界，一顆可愛又漆黑的蛋。」

「蛋？」

魔法師順著主人的話發出低語。

根據他的魔術解析，這團黑暗形同等待覺醒的雛鳥之殼，晃動著釀造美夢的搖籃。獻上七騎英靈的靈魂後，它無疑會破殼而出。

並如同主人以天籟之音所言，尚未紮根於世界的靈基將就此誕生。

狀況與召喚英靈不同。

恐怕，爬出聖杯的這東西必然會造出血肉、誕生。

——可是，誕生的究竟是什麼？

在這一刻，魔法師仍未探究出最後的解答。

因此，他向主人詢問。

您為了實現心上人的目的，是打算喚醒什麼？愛歌沒有立刻回答，先帶魔法師來到這深淵這邊，而魔法師也跟得毫不遲疑。他知道自己和刺客遲早會成為暗黑淵底蠢動之物的食糧，是今晚還是明晚，完全不是問題。

他已將自己完全獻給主人。

因為世間萬物都不過是主人的玩物。

無論迷惘、恐懼、淚水。

乃至他原本認為尊貴的事物、孩子們值得保護的潛能，都不具任何意義。

「樞機主教對它好像有很大的誤解。」

「畢竟這世上不會有人比您更懂這世界啊，愛歌大人。」

「可是他錯得很滑稽耶？這個樞機主教，是相信啟動聖杯以後，能召喚更高階的神祕。」

「……天使？」

據說在他們信奉的宗教中，神是獨一無二的。

那麼高階神祕指的會是什麼？

魔法師腦裡浮現的，是眾多宗教畫中的使者身影。

「不對，猜錯了。」

愛歌輕輕搖頭說道。

並對有如在呼應她劇烈鼓動的黑暗微笑。

「——牠是『獸(Beast)』喔——」

她沒有解釋這名稱的意義。

彷彿是偷偷洩漏下一次要烤的糕點名稱，像朵嬌豔可愛的花，只給了個名字就不說了。

然而魔法師卻瞪大了眼，露出自一九九一年於東京現界以來，不曾有過的表情。

頰上也浮出汗珠。

就連邂逅世界主宰沙条愛歌當時，也沒有那種表情。

那是驚悚。

生前，他為了使魔術知識廣傳於世——相信將會帶動醫療廣泛化、普及化，為人類帶來安寧生活——公然違反魔術師必須隱匿神祕的原則，就連鐘塔派來的殺手出現在他面前，肉體與生命遭到精於害人魔術的高手粉碎時，他也依然保持鎮靜。

「您剛才……說了什麼？」

「雖然聖杯根本就不是願望機，不過等它覺醒，我和他（劍兵）一定能拯救不列顛。」

愛歌沒有回答魔法師的疑問。

拯救祖國。因為她心裡只有這個不在此地的劍兵宿願吧。

她紅著臉，雙眼微潤——

「所以魔法師，你就和刺客一起幫我找祭品過來吧。現在還缺很多，需要更多更多。我想想，用具體數字來說至少要六百人吧。」

並伸展雙手輕盈跳步，裙襬為之飄搖。

啊，可謂是與黑暗共舞的絢爛之花。

「我要賦予那些沒價值可言的女孩一些價值。可以替代他的靈魂喔，這是一件多麼美妙的事啊。數千萬個沒有價值的東西聚集在這裡，就能發揮出無價的光輝。」

纖纖玉指指向空間。

那裡有無數身穿白衣，在這三天內蒐集來的百餘名少女。每一個都是表情呆滯，似乎不具自我。那正是魔法師利用刺客的毒素所調配的特殊藥劑，暫時剝奪了她們的表情與情感所致。

用來代替不足的第七騎英靈之魂的祭品。

沒有恐懼，沒有躊躇，甚至沒有自我意識。

她們全被迫維持純淨無暇的精神狀態，獻出自己的生命。

少女們在黑暗中一步步地走著，渾身散發的虔誠之意，宛如古阿茲特克人，自願在神殿中將心臟獻給骷髏之神特斯卡特利波卡。接著——

一個個墜落。

墜向尋求食糧，陣陣胎動的大聖杯——黑暗的深淵。

「為自己慶祝吧，因為平凡的妳們，也成為他的助力了。」

帶著花朵般的燦爛微笑。

接著——

『————————————————————！』

那是大聖杯在恣意啃噬祭品而顯現出愉悅般的胎動，發出唯一一聲咆哮的剎那！

在莫大的戰慄中，魔法師見到了真相。

此時此刻，他終於明白沉睡在名為聖杯的那顆「蛋」裡，那背負著數字六六六，終將自汪洋彼方而來之物究竟是什麼。

那是欲望的歸結。

毀滅的路標。

這頭「獸」就只有這麼多！

面對這不負災厄之獸（Master Telion）之名，甚至遠遠凌駕深淵龍種的暗黑魔力，魔法師大為震驚。

「……原來『獸』就是……！」

此乃憎人之物。

此乃食人之物。

此乃滅人之物。

一看就知道那壓倒性的龐大魔力凝聚，魔獸之流根本不堪一擊。

樞機主教啊，你犯了一個致命的錯誤。怎麼會是天使呢，沉眠於此的並非神聖之物，只有人生而為人無法避免的可悲天性！

時而強烈，時而甜美，以迷惑人心之舉肆虐之物。

即使明知只有悲慘的下場在等著自己，也令人無法停歇，他人無法阻止的衝動根源。人類這種生物由於擁有智慧所無法割捨的——

「這種東西，就是我們七騎宿願的歸結嗎！」

「要實現他的願望，這是不可或缺的喔。」

愛歌對魔法師的反應既不驚訝也不否定，只是隨著喜悅笑開了。

「以世界、歷史，和無數生命所編織而成的一切——

用科幻電影的方式來說，就是時空的連續體吧。那些既定的事象，對，截至目前的人理奠基都必須徹底打碎，否則無法實現他的願望。所以我需要牠。」

讓它吞噬世間萬物後，妳就能笑納世界了？

即使完全真正了解，自己要催生出什麼樣的東西，也執意如此？

「食城之獸（Sodom's Beast）——不，我不會讓牠只是食城，整個世界都要給牠吃。」

轉啊轉啊轉。

背對著無人能擋的黑暗，沙条愛歌不斷舞動。

「來慶祝吧，牠的生日就快到了！

快點降生吧，我可愛的『獸』！

牠只要發出吼聲，就會舉世驚駭、分斷大地、染紅江河！

牠會完全打碎人類累積的一切，毀滅歷史，讓不列顛重現人間！」

——無論生命、夢想還是宿願。

「而他將會是永遠的王，直到時間的盡頭。」

——甚至時間、空間。

「唯一允許生命存在的地方，將是僅次於阿瓦隆的永恆國度（不列顛）。」

——所有的一切都會被牠擊碎、粉碎，徹底搗毀。

重建榮耀的王國。

這句話，潛藏著除此之外別無他法的事實。

如此宣告之際——

世界主宰對即將清醒的黑暗微微一笑。

# **Knight of Fate** ACT-3

一九九一年二月某日，午後。

東京都新宿區，ＪＲ新宿站東口附近。

劍兵的知識裡，已有「新宿ＡＬＴＡ前」這個名稱。

儘管實際見過的次數並不多，他仍知道沙条家的大客廳角落有個顯像器（電視），彷彿能擷取一小塊世界，製造成會動的圖畫。而每天中午左右，會播放現場播出的談話節目。同時他也明白，這個人潮洶湧的地方，就在那個節目的攝影棚附近。

此刻，他正走在這無數來往的男男女女中。

不是因為接獲了主人的作戰指令——

自從在這個所謂現代的世界，名為東京的城市現界以來，劍兵還是第一次這麼做。

隨著主人沙条愛歌的勝利，再也沒有任何一騎敵對使役者的事實，使整個東京成為安全地帶。直到前天，東京還是聖杯戰爭的戰場啊。

劍兵繼續走在街上，不為偵查也不為哨戒。

穿過如舊聖經中巨塔的摩天大樓夾縫間，踏過人潮比卡美洛最大市場更熱絡的道路，聽著眾多四輪機動車輛排放大量煙霧的行駛聲，片刻不停歇地走著。

這是散步嗎？

不，絕對不是。

在人潮中逆流行走的他，並不是散發那麼閒適的氣息。

即使這名金髮碧眼、英俊挺拔的青年相貌引來不少人側目，但沒有一個察覺他懷藏的心事。

「……愛歌。」

劍兵低聲道出召喚出他的少女主人之名。

「大聖杯到底在哪裡？」

並翻出昨日深夜的記憶。

地點是沙条家。正確時間是凌晨三點十二分。

愛歌突然表示要轉移據點，離開杉並區。

『這裡不方便進行剩下的儀式，所以我要把據點直接移到大聖杯那裡。地點還不能告訴你，我想辦個特別派對，你要到最後一刻才能來。這就叫做驚喜派對吧？』

少女臉上依然漾著一如往常惹人疼惜的微笑，婉拒劍兵同行，宛如農村的父母告誡幼子，不可單獨踏進森林。

她究竟要在外面做些什麼？

擁有大聖杯的據點？

敵對陣營已全數攻克，奇蹟般倖存的主人也完全喪失戰意，不可能再繼續儀式。

所以沒必要再設假想敵，為守護最後的主人愛歌而行動？

或許能這麼說吧，可是聖堂教會仍未宣告儀式結束。

『我還要對聖杯做一些儀式，需要那些女孩的力量。』

『那就讓我同行吧。』

『……不用了。我還是希望你留在這裡。』

愛歌略顯遲疑地拒絕了劍兵的請求。

『多虧你的努力，我們才能打倒騎兵。能安全打倒變成那樣的槍兵，對，也是光憑我一個人所辦不到的事。所以呢，劍兵，你已經完成你的使命，聖杯戰爭結束了。接下來，就是魔術師自己的工作囉？』

『可是——』

『你就耐心等到我做好幫你實現願望的準備吧，很快就會處理好。』

口吻彷彿在烹調功夫菜般優雅。

舉手投足一如既往。

語調與眼神，也沒有表現出絲毫迷惘。

然而，事情還是有點不太——

『放輕鬆吧，劍兵。儘管歡愉吧。

你就快要能實現專屬於你的願望，拯救可憐的不列顛了。

能替你達成願望的聖杯現在就在手邊，我會為你奉獻一切。』

劍兵自然而然地發問。

沙条愛歌，妳為何願意說這樣的話。

對一個見面只有短短十來天的古代劍士，居然能發自內心，毫不猶豫地表示要奉獻一切？劍兵的直覺使他確信那並不是客套話，而是發自接近靈魂之處。以龍為心帶給他許多特殊能力，其中一項就是有時能像這樣，判別不過是一連串發音組成的言語是否為真。

『因為……』

少女臉上暈起淡淡緋紅。

『因為我戀愛了，愛上你了嘛。我的心……喔不，是你給了我一顆心。』

她並沒有說謊。

聲音、言語，都無疑是她真摯的想法。

沒錯，她絕不會說謊。

那麼，這名荳蔻少女究竟用滿口實話掩藏了什麼？

「只要等下去，就能實現願望嗎。」

——我反覆懇願、祈禱。

——最後因順應世界之邀而立於此地。

拯救祖國。

守護天下蒼生，使不列顛國土永續長存。

即使歷經千辛萬苦而終於擊敗卑王沃帝根，撒克遜人依然大勢進犯。眼見國土因屢遭戰火、歉收及洪水蹂躪而荒蕪，劍兵也曾加入尋找聖杯之列。在剛建設完畢的卡美洛城，召集眾尊貴武士聚於圓桌，下令探索聖杯的這段往事，也成了現代流傳的傳說。

倘若能擁有真主奇蹟之具現，受民族大遷徙此一恢宏事象牽連的不列顛，或許就有救了，於是他不斷祈求。是的，聲嘶力竭地祈求。

邪惡卑王沃帝根的作為看似引入撒克遜人魚肉百姓，但他的真正用意，會不會是眼見現實上無法阻止撒克遜人，便以種族融合避免滅族之禍——儘管並不盡然如此，卑王也確有統一不列顛島的野心，但從另一個角度來看，不也是一種正途？

百般苦惱到最後，劍兵向奇蹟伸出了手。

求助於累積眾生心願，將在注滿時湧現的真主威勢。

可是到頭來，他的手始終抓不住聖杯。

雖然受命探索聖杯的最偉大騎士成功抵達了聖杯所在，但也如救世主般在祝福中上了天堂，聖杯也隨之消失無蹤。知道心懷崇高信念的純潔騎士獲得上天祝福後，劍兵也萬分感動，然而——

主的救贖仍未降臨人間。

不列顛依然充滿死亡與苦難，人民疲憊不堪，幼子嗚咽啼哭，活著等於受苦。甚至出現一刀死得痛快，還比餓死更慈悲的言論。要斥責這種言論很容易，但要人們屏除那種想法，是一天比一天困難。

還有人說不列顛是遭到詛咒，嗟歎地獄就在此處。

因此無能為力的他，只能繼續祈求。

如今亦然。

為拯救祖國遠離血腥悲劇，亞瑟・潘德拉岡出現在東京。

可是——

『他們和我們過去守護、疼惜的那些人沒有什麼不同。』

剎那間，弓兵的遺言浮現腦海。

剎那間，他想起自己在玲瓏館森林中所救，那個有一頭烏亮黑髮的少女。

那蕩漾的眼眸。不知有無魔術素養，因缺乏色素而顯得血紅的雙眸，閃爍著岌岌可危的生命之光。見到等待救援的人獲救時那種情緒的色彩，劍兵無疑是有所得的。

得到一種踏實的感受。

與弓兵阿拉什．卡曼格的遺言，分毫不差的意義！

「……我……」

劍兵無法壓抑心中湧現的悸動。

狂獸、弓兵、騎兵、槍兵。

只要閉上雙眼，這些英靈最後的身影即浮現眼前。

他們，每一個都有自己的宿願。

但最後不是都同樣捨棄私心，為同樣崇高的事物而死嗎？

劍兵不敢斷言。他敏銳的直覺不至於看得那麼遠。儘管如此，他對於據說沉睡於東京某處的地下大聖杯，並不像從前在不列顛所追求的聖杯那麼尊崇，也不當它是無上的聖遺物那麼敬畏。

甚至就目前而言，都還不得不懷疑它的效用。

就連魔法師，也曾在東京灣上神殿決戰的翌晨留下明確的預言。

——生活於東京的無辜生命，將獻給地下大聖杯——

所以劍兵才會如此苦苦尋覓，摸索那細微的魔力殘跡。

要找出主人隱藏的祕密，少女以滿口實話所掩蓋的聖杯。

假如——

大聖杯真如槍兵所言，是場滅世之災。

「————」

向西穿過從新宿車站往大久保方向延伸的高架橋後，劍兵抬頭仰望。

見到的不是一望無際的藍天，而是被剛竣工不久的新宿新都廳等摩天大樓所切去好幾塊的——灰色。彷彿忘記太陽仍懸在天上的混濁天空，與從前頭上的那片天空十分相似。

劍兵瞇眼遙想。

灰色的天空。

往昔的記憶。

為祖國、為勝利榮耀而毫不猶疑地揮動聖劍的日子。

——在遙遠的過去，烏雲密佈的天空下，刃與刃火光四濺。

敘伊茲谷之役。

兩大傳說英雄在此對決。

背負大軍的兩人，展開了一場壯烈至極的死鬥。

廝殺的對象，是有帝國最強將軍之稱的最高統治者「皇帝」。

亞瑟是事後才聽說這場聖劍與魔劍的宿命之戰，是以超越人智所及的面貌呈現在兩軍兵士面前。事實上，他當時根本無暇顧慮戰況是如何激烈。身為必須守護苦難百姓的不列顛之王，必須肩負救世責任之王，父王烏瑟所精心打造的一頭巨龍，他始終致力於制裁侵略者的組織。

殺盡為屠戮而來之徒，沒有其他路可走。

對決發生於聖杯探索行動落幕後。

那是在巴頓山決戰撒克遜人獲勝，終於平定雙方酷烈戰爭之際。更明確的說，也是在受到永久讚頌的不列顛圓桌出現致命裂痕後，第一場大規模戰役。

最後一絲希望——聖杯消失。

關妮薇王后與蘭斯洛特爵士有染。

圓桌武士接連殞落。

即使遭逢諸多厄運及災禍，亞瑟仍選擇以亞瑟王身分繼續戰鬥。

不，他同樣別無選擇。大陸帝國——從紀元前就聲威浩蕩的大羅馬帝國，以撒克遜人帶動的民族大遷徙此一巨大事象支援，開始干擾不列顛島的自治，甚至將魔手伸進高盧地區。

狀況很快就惡化到光是被動迎擊，無法終止這場戰爭的地步。

一旦他們跨海攻來，一切就全完了。

「我們殺出去。」

沒有任何人對這句話表示異議。

假如堪稱圓桌元老的偉大佩里諾爾王，或詭計多端的阿格凡爵士在場，或許會勸諫他們的國王，可是兩者皆已受到可憎命運的操弄而喪命。聰明睿智的美麗魔術師梅林雖然保持沉默，但在出航征討大陸那天，她卻在能一覽整個大艦隊的港口淡淡說道：

「亡國是遲早之事。」

到此為止了。

指的不是帝國。

當然，亞瑟也立刻聽出她言下所指應該是不列顛。

「就算能撐上百年，對這座島的歷史也不會有太大影響。或者說，不列顛已步入毀滅，

……假如我這麼說，你會怎麼做？」

人與夢魔所生的美女魔術師所說的每一句話，亞瑟都不曾遺忘。

在那對能看透世界的眼眸直視下，亞瑟這麼回答：

「別老是開惡劣的玩笑了，我會生氣喔。不列顛不會滅亡。」

語氣平淡沉穩。

彷彿對象是十年來的好友。

「為此，我會盡自己的一切力量。」

亞瑟知道自己該做些什麼。

因此，即使面對名副其實的羅馬帝國也毫不畏懼。不可能畏懼。

「那麼，你就是在作夢。你會像作夢一樣贏得這場戰鬥吧。」

「真不想作血腥的夢。」

揮起聖劍，斬人無數。

劈掃聖槍，屠人無數。

率不列顛諸侯為此役集結的最後力量跨海後，亞瑟首先在巴黎西擊敗網羅撒克遜人，甚至皮克特人的羅馬帝國高盧州總督孚羅洛王。孚羅洛王是個英勇豪強的騎兵，也是個可畏的槍術高手，但仍不是亞瑟王聖劍的對手。呼喊羅馬萬歲的他，連同鋼盔被輕易斬成兩半。

面對噴灑的鮮血，亞瑟有任何表情嗎？

沒有。他只是默默將聖劍指向天空。勝利的歡呼，是由高文爵士帶頭。即使事前因故身負重傷，他仍自願隨軍出征，甚至與貝迪維爾爵士共同並列於亞瑟王的前鋒。

從孚羅洛王的巴黎西要塞奪取魔劍——象徵高盧王權的克拉倫特，並送回本國首都(卡美洛)之後，亞瑟繼續揮軍南下。儘管自軍疲憊不堪，但這時沒有做出其他選擇的餘地。堪稱羅馬帝國權威化身的威脅正逐漸逼近，非得趁現在決一勝負。

因此，這一刻終於到來。

在敘伊茲的溪谷地帶。

亞瑟與譽為大陸最強的男子對陣。

「用盡全力吧，紅龍。」

對方冷冷拋下一句話，就劈下甚為強勁的一擊。來自魔劍之刃。

彷彿能搖撼空間的威力，猛烈衝擊以聖劍劍身正面抵擋的亞瑟王軀體，腳下大地為之崩裂。緊接著向四周迸散的壓力，甚至擊毀崖壁。以二十世紀的現代用詞來說就是衝擊波吧。

「無論對你我而言，這都是絕無僅有的好機會。可別讓我失望啊。」

他就是大羅馬帝國的統治者。

現任皇帝，別名「劍帝」。

名為路修斯・希比流斯，或路修斯・希比略。

率領的是由希臘人之王埃比斯卓浦斯、非洲人之王穆斯坦薩、希斯巴尼亞王亞里發提瑪、埃及王潘朵拉斯、巴比倫王米奇普沙、比提尼亞王波里特提斯等諸王與指揮官組成的大聯軍。麾下更有數十名騎乘異形巨獸，殺人如螻蟻，具惡魔（fiend）之名，有如銅牆鐵壁的巨人；研得凶惡毀滅法術，欲破解史前祕儀的男女魔術師；以怪異動作擰殺敵兵的東方咒術師與異能者等超常人物，且能鮮活地運用。他最強司令官的顯赫威名，甚至也遠播到不列顛。

配備魔劍弗羅倫特，相貌氣宇軒昂的大劍士。

同時也是戰略及戰術天才，受東方猛將視為羅剎懼怕的戰士。甚至有人說，過去人聲鼎沸的羅馬帝國競技場盛況近年快速衰退，就是因為這個最強王者無人能敵所導致——

然而，那又如何。

如同亞瑟在港口對美麗魔術師（梅林）所言，無論遭遇任何對手，他也不會畏懼。

一路走來，他不知斬殺了多少巨人。

魔術、咒術等超乎人類智慧的神祕向他張牙舞爪，也是一一破除。

即使是歷史悠久的大帝國，只要膽敢阻攔就只有毀滅，別無選擇。

一切都是為了家園的安寧。

為了給幼童自願獻上生命的土地帶來救贖——

「效忠於我吧，亞瑟，不列顛的紅龍！」

剛劍交鋒。一回合、兩回合、三回合。

聖劍與魔劍相互推抵當中，路修斯如此說道。

擊碎貝迪維爾爵士的鎧甲並追補重拳，以華麗劍勢一舉擊飛力氣堪稱天下無人能敵的高文爵士後，那是以皇帝身分所作的勸降宣告，還是第二次宣戰？

手持象徵大陸全土統治者的帝王之劍（弗羅倫特），他傲然而笑。

「也難怪孚羅洛會沒命，他肯定敵不過你。區區一個凡人，怎麼贏得了格殺寇爾古利努斯和巴爾多甫斯，並一一擊潰撒克遜人、蘇格蘭人和皮克特人的聖劍士呢！」

「……那你同樣也贏不了。」

亞瑟拋下這句話，拉開距離。

利用風之護佑進行的瞬時移動，遠超乎人類的反應速度，他無法追上。

劍帝的膂力確實不同凡響，經過千錘百鍊。無論帝國任何鬥士或使用東方神祕招式的戰士，都並非其對手。但是——沒錯，他仍然是人類，敵不過甚至擁有精靈護佑的亞瑟王。

可是，這些許的自傲卻瞬時破滅了。

路修斯以難以置信的神速逼近亞瑟眼前。

「你的一切，我都調查得一清二楚啊，亞瑟。你在桑莫塞一劍就斬殺了寇爾古利努斯兄弟等四七〇個撒克遜人是吧？」

接著又是大動作劈掃的劍擊。好沉重。

亞瑟以聖劍準確擋下，肩部的骨肉卻也因此發出哀號。

好可怕的臂力，簡直與魔獸相當！

「哈哈！」

路修斯淺露尖銳犬齒。

不斷的連擊。在旁人眼中，劍帝的武器就像是消失了吧。

只有紅色軌跡留在空中。一道、兩道，在短短一次呼吸間就暴增到無從數盡。若處理得不夠小心，恐怕會連人帶甲都被砍成碎末。

當然，亞瑟以聖劍紮實地格擋每一次攻擊。

「哈哈，看你能抵擋我的巨人之臂到幾時！」

這名男子在戰場中央還笑得出來？

他在高興什麼？

這種不是你死就是我活的處境，讓他如此歡暢嗎。

「啊，真有趣！太有趣了！以龍為心之人，你能再接我四招嗎！」

路修斯的踢腿往蒼銀鎧甲直搗而下。

那曲蛇般的腿法，是來自東洋的格鬥術？正面承受預料外的攻擊，造成亞瑟呼吸稍有紊亂。不是致命傷，那麼就是一點點皮肉傷。由梅林始終稱為魔力爐的心臟所產生的龐大魔力與聖劍特性相輔相成，使亞瑟維持極為強韌的肉體。創傷將迅速癒合，留下的只會是痛楚。

而痛楚，咬個牙就忍過去了。

畢竟這一路上他不停在忍受痛楚，無論有形無形。

幾乎在挨踢同時，亞瑟膝肘齊出，要折斷那條腿——

「有意思。」

但他避開了。帶著笑聲。

稱霸競技場的劍帝，似乎非常慣於與人交戰。

那麼——亞瑟迅速一掃聖劍，劃破大氣。不是為斬殺對手，只是挾帶魔力的不可視擴散攻擊。沒有一擊必殺的威力，但只要確實擊中，應該能造成些許破綻。

路修斯以自然的動作，向大氣奔流跨出一步。

瞬間，風之凶刃全數煙消雲散。但不是騎士或劍士所為，可能是來自劍帝背後遠處數萬名魔術師或咒術師的援助。儘管真相不明，亞瑟仍能感受到些微魔力。也有可能是劍帝甲冑的效果。假如是傳說中大英雄赫克特的甲冑，說不定有此能耐。

「不列顛還有像你這樣的怪物嗎！如果有，我（羅馬）一定要得到手！你和你的不列顛也一樣！」

「你親自出征為的就是這個？」

「那些魔術師整天在我耳邊說，不列顛島上還有濃烈的神話時代力量，吵得我都快煩死了。我還半信半疑，以為頂多只是魔獸餘孽或皮克特人之流……」

伴隨著這番話，路修斯加倍猛攻。

劍斬、包覆甲冑的踢腿、拳擊，且穿插利用移動重心使出的猛烈背頂、肩撞，正如字面所述般以全身為武器輪番猛攻！

只靠一把劍根本應付不來。同時的二十連擊中，有兩次背頂與肩撞穿過了亞瑟的防禦，擊碎肋骨和幾處內臟。架勢幾乎崩潰，劍鋒也搖晃不穩——

難道會繼續挨打下去，就此殞命？

不。

湖中女神賜予的聖劍，不會只有這點威力。

「……！」

亞瑟口吐銳氣，挑劍一斬！

架式潰散使得他只有單手可用，但仍確切地予以反擊。

聖劍之刃擊出稀薄的金黃弧光，縱向切開空間。

高揮魔劍追擊的路修斯先是一驚，隨即以雷霆萬鈞之勢向逐漸崩解的空間劈下魔劍。閃光餘暉與鮮紅劍刃對撞的瞬間，爆炸性的衝擊吞噬了整座溪谷！

在土岩粉碎，煙塵漫天當中，一個注視他們對決的巨人，亢奮得開始高聲咆哮。

「單手就有這種力量！很好，我一定要接收你和不列顛！」

劍帝劈開煙塵，從中現身。

乍看毫髮無傷，其實仔細一看，左臂已整個燒成焦炭般的顏色，但似乎有某種魔術效果在替他治療。

「哈哈哈！太好了！這就是地利！山谷靈脈盡在我手！」

「別再笑了。」

亞瑟拉開距離，沉穩地重整架勢。

「羅馬的皇帝，我們這可是在搏命啊。」

「那當然！」

「我們搏的不只是自己的命，還有背上無數百姓的性命啊。」亞瑟劍尖直指對手心臟。

「別當作享樂、切莫訕笑。路修斯，你那樣的笑聲實在讓人難以忍受。」

「難以忍受？你這麼覺得？」

路修斯右手輕揚巨劍，劍身一轉就扛上了肩。

自由的左手伸向灰色天空——

「支配這片大陸，無非是代替天上諸神統馭萬物。在我呵護下誕生的無辜生命，與我在戰場上如草木斬去的悽慘生命一律平等。無論貴賤，全都操之在我。」

他的左手，彷彿要抓住無形的光。

「既然你也身為王者，多少有這種感覺吧。我們庇護百姓，使國家興盛，使我們擁有取所欲取、為所欲為的權力！我們——」

他的左手，彷彿要握碎榮耀。

「就是地上的神！」

劍帝加深笑容，如此宣告。

魔劍劍身覆上魔力，蕩漾出鮮紅雷光。

帝王之劍弗羅倫特。與象徵高盧支配者的魔劍克拉倫特為兄弟劍，象徵支配大陸全土的帝權，有至高寶劍（finest sword）之稱。劍身上絢爛的百合雕飾，據說具有花神芙羅拉的護佑。

百合是象徵誕生的花，也代表著這把劍的意義。

劍帝路修斯，卻將生命之劍變成了鮮血之花。

「傳說中，我國神祖羅慕路斯在雷光中升天！

那麼我這當朝羅馬皇帝操控雷電，乃是理所當然！」

「在地上，每個人都是脆弱的凡人，絕不是神。」

亞瑟架好了劍，並將雙手握持的聖劍高舉。

以傲慢二字評斷劍帝的話是輕而易舉，而事實上這個大陸的支配者，也聽不進亞瑟半個字吧。那就是王者的桀驁，王者的不馴。劍兵無法判別那究竟是否出於神性，但他有不需要思考的直覺、確信。

如果有話必須對他說，就得用劍論述，以劍呼喊。

沒錯，羅馬皇帝路修斯·希比流斯已經以全身闡明了。

——那我就回答你吧。

——以我雙手所握的聖劍之重！

「不，你應該了解吧？我們就是神，我們將永生不滅。」

「你——」

「你和我都一樣啊，紅龍。我很清楚！

你不承認嫡子的存在，就是因為你和我是同一種人！那正是身懷統御人間之力，肯定自己永生不滅的人才能到達的境界！」

「閉嘴。」

——聖劍拘束解放——

——魔劍限制解除——

這是王與王賭上彼此一切，堂堂正正的對決。

劍與劍，聖劍與魔劍的激鬥。

如同離開不列顛，遠征大陸那晚，亞瑟在船上作的夢。

咆哮震撼海岸萬物的飛天巨熊，而來自西方，眼發萬丈光芒的飛龍噴出熾焰，將巨熊燒成焦屍，墜落大地——在這場夢中，巨熊正是皇帝，而龍就是亞瑟王。

聖劍光輝的尖端吞沒了皇帝，甚至將他從歷史上抹消。

溪谷地形也連帶遭到破壞，使擁有無數囟悍暴力的帝國軍就地瓦解。

命定的勝利榮耀就在此處。榮譽就在此處。

儘管撒克遜人的民族大遷徙這個人類史上的重大事件不會因此停止，亞瑟仍擊潰了眼看就要讓西方小島生靈塗炭的大帝國野心。

這重大的勝利，讓人對明日燃起微小希望。

如今回憶起來——

這或許是最後一場充滿榮耀，值得亞瑟揮動聖劍的戰鬥。

關於使役者現界的種類。

大致上分為兩種。

第一，是由於與傳說、鄉野傳奇相符而獲得強化者。

假如其事蹟曾經證實為實際發生過的歷史事件，多屬此類。
無論是如何勇猛果敢的知名將領，天生能力也將止於現實範疇。

第二，是力量受到職階框架塑型而衰滅者。
純粹屬於神話、傳說或傳奇的人物，多屬此類。
例如神話時代的大英雄，應屬此類。

即使是第一類，只要具備魔術等神祕，當然是另當別論。
無論如何，他們都身懷因傳說而成的神祕，超乎常理。
同時，也具有與人類無異的精神——

（摘自某冊陳舊筆記）

「劍兵，你怎麼在這裡？」

深夜，沙条邸。

為搜尋地下大聖杯，而在東京四處遊蕩未果的深夜一點過後。

在通往植物園的聯絡走廊門口，沙条廣樹喊住了劍兵。劍兵早已從聲響認出了他，沒有回頭的必要，不過他還是轉身面對允許他在屋內自由行動的沙条家之主，這是應有的禮節。

以這年紀而言，他臉上的皺紋相當深。沙条家現任當家廣樹，表情漸顯疑色。

「愛歌在哪裡？」

儘管早已料到八成會是如此，但還是果不其然。

他也摸不清愛歌行動的全貌。

「地下大聖杯找得怎樣了？魔法師的定期報告說過已經得到小聖杯，可是從昨晚就再也沒有任何聯絡，你有聽說些什麼嗎？」

「沒有。」

該告訴當家說，愛歌已經找到大聖杯了嗎？

即使明白道義上是該說，可是劍兵終歸是愛歌召喚的使役者，並不屬於沙条家，不該在此洩漏愛歌的行動——想到這裡，劍兵稍微沉下了臉。

自己為何會在這時候乖乖當一個主人的僕從(使役者)呢？

明明都花了一整天尋找大聖杯，就某方面而言算是違抗了愛歌的等待命令。

「也對。那東西也有很多事瞞著你吧，對我也一樣。」

「老爺。」

「別說了。沒必要說。劍兵，就算太陽打西邊出來，那東西也絕不會為自己家人操半點心。只會認為沒必要吧。」

當家說得一點也沒錯。

經過數秒的沉默，沙条廣樹望向植物園。

沙条家的人都不用「庭園」稱呼那充滿眾多植物的綠色園地，就連不受拘束，為自己決定任何事的愛歌也是如此。不是庭園、植物園或魔術工坊，純粹是習慣叫它植物園。

據說那是因為已不在世的夫人來自英國的緣故。

她不稱那裡為庭園，只是叫植物園。

「綾香在那裡。看不到姊姊，她一定很寂寞吧。你去陪她說說話。」

「這——」劍兵想問他為何不自己去，卻被他舉手制止。

「我畢竟是個魔術導師，無法給她正常人那樣的父愛。」

大多數魔術師的生活都非常自制，沙条家也不例外。

儘管在劍兵記憶烙下濃烈印象的花樣女魔術師，給人的感覺距離禁慾與克己有段距離，但確實與世俗之人相差甚遠。路途或許不同，但那同樣是超人者的處世方式。

真是殘酷。劍兵心想。

倘若是已經到了能認定自己要走什麼路的年紀，愛怎麼選都無所謂。

可是對孩童來說，實在太殘酷了。

「假如會有第二場聖杯戰爭……誰來保護綾香？」

這只是當家的自言自語，並未要求回應。

在不見星月的黑暗夜空下，他彷若懇求般地道來。

說出聖杯戰爭在他眼中是多麼可怕。經過那幾場戰鬥，使他痛切感受到家系魔術師之間的爭鬥，只呈現了虛有其表的慘烈。東京灣神殿、神王、救世一箭、半神發狂。居然是如此殘酷的戰鬥——

「假如愛歌也抵達根源，她也會像過去投入那漩渦的先人一樣消失。就算有第二次聖杯戰爭，以我個人之力實在不夠。我這雙手，究竟能不能保護我這個女兒？」

是為了延續家系，還是為了愛？

劍兵沒有問那是代表兩者之中的哪一種。

「玲瓏館那邊，美沙夜能活下來簡直是奇蹟。真想不到那麼小的孩子，居然能在超越人類智慧的暴威中倖存。」

當家發出深深的喟嘆。這是出自於交換立場的想像？

「如果有你這樣的騎士陪伴，應該能多少輕鬆一點吧。」

這句面帶苦笑，玩笑參半之言。

其中無疑寄託著殷切的懇願與祈求。

——父與子的羈絆。

——那恐怕是直到最後一刻，我都得不到的東西。

在那遙遠的時代，不列顛的末日。

榮耀在一夕之間瓦解。

戰勝羅馬帝國後，等待亞瑟凱旋的卻是反叛。妖姬之子，形同他分身的孽子，圓桌武士莫德雷德勾結撒克遜人與皮克特人等外侮，率領強力魔軍豎起反旗。

那是場泥淖般的內戰。圓桌遭毀，卡美洛覆滅，不列顛失去了應有的一切。

最後，在卡姆蘭的山嶺上——

「父王，我要破壞你所愛的一切！我什麼都不需要，什麼都不想要，此後我只會愛你絕望哭號的慘狀！亞瑟．潘德拉岡！」

劍兵與手持魔劍克拉倫特的莫德雷德，展開一場最終死鬥。

並非因為父，並非因為人。

僅僅以王的身分，用聖槍誅殺反叛的騎士——

暴虐的火焰，奪走了數不清的事物。

百姓死滅，香火斷絕。

直到最後，救贖之日仍未到來。

因此，因此。

劍兵（亞瑟）不斷否定那塗滿鮮血的過去。

「……嗯？」

當意識的焦點從過往記憶返回現實的那一刻。

待回神時，劍兵發現當家廣樹不在身邊。

自己也已踏入植物園內。

應該是穿過聯絡走廊，動手打開玻璃門來到此處沒錯，但並沒有清晰的認知，自然就走來了。雖然不是沒有記憶，但可以肯定的，是他沒有明確意識到自己是如何行動。

在回憶當中，沒錯，似乎還有別人的聲音。

當家的聲音？不。

孩子的聲音？不。

穩重優雅，宛如從前湖中女神的囈語。

「薇薇安？」

劍兵不自覺地說出這名字。接著，一旁的綠意發出聲響。

是那個小女孩。沙条家當家之女，愛歌的妹妹。即使不刻意分析她的氣息也看得出來。

她從樹叢後微微探出頭來，偷偷窺探劍兵。

真是可愛極了。

那溫暖的童稚之舉，令人想起幼生的小動物。

他雖自認不擅長當小孩的玩伴，但仍模仿兒時養父艾卡特那樣蹲下，配合對方視線降低高度。該用什麼表情，該如何開口才好？時間是午夜過後，對象是在這片綠色園地遇見的孩子。不當自己是統治人民的王，也不是殺敵武器——

「幸會了，二小姐。」

「幸……幸會。」

「今晚夜色真美，這座庭園也好美。」

啊，這樣不妥。

騎士在宮廷向女士對話才會這樣開場。

今晚沒有星光，哪裡算美。而且更糟的是——

「不對喔，這裡不是庭園，叫做植物園——」

說得沒錯。

這裡是植物園，是她們的母親所遺留的安寧綠地。

「抱歉。對，植物園。好美的植物園。」

「嗯。」孩子微笑。「呃，你是爸爸的客人嗎？還是姊姊的朋友？」

「我是騎士。今天已經很晚了，我要代替妳父親保護妳。」

「騎士？」

孩子面露驚訝。

這種說法是不是太童話了點？雖然年紀小，但應該已經能識字了，這樣太把她當小孩哄。劍兵開始考慮是否該訂正，可是想不到該怎樣修改路線。

那麼，只能硬著頭皮繼續演了。

「女士，請容我護送妳回寢室。」

「呵呵，怎麼叫我女士，我還是小孩耶？」

說著，孩子跳出樹叢之後，露出全身。

羞怯的神情轉瞬間消失不見。

她笑得好開心——

（真是耀眼。）

劍兵不由得瞇起了眼。

明明是深夜，確有見到朝霞光輝的錯覺。

「騎士哥哥，你叫什麼名字？」

「我……」感覺沒必要隱瞞真名，就告訴她吧。劍兵靈魂某個角落正疾呼著應該告訴她。「我的名字叫亞瑟。二小姐，我有知道妳芳名的榮幸嗎？」

「我叫沙条綾香。」

嗯，我知道，也覺得是個好名字。

雖不知父母取這名字是否有其用意，多半是為了配合愛歌名字的押韻吧。

「然後，這裡叫植物園喔。」

綾香羞怯地指著一顆顆綠樹說。

像在自我介紹？

那稚嫩的言語間，隱約透露她將這綠色園地視為自己。

「我啊，一直把植物園當作念書的地方……可是爸爸最近告訴我其實不是那樣……」

「有祕密藏在裡面？」劍兵輕聲問道。

「嗯。」

綾香點了點頭，就沒有抬起來了。

劍兵耐心等候。一秒、兩秒。

約莫過了五秒，綾香才終於抬頭，依然是羞答答的。

「植物園就是我。」

為何會將它視為自己？才這麼想的瞬間──

「──因為植物園和我都是媽媽留下來的東西，所以都一樣──」

有風吹過。

儘管玻璃窗緊閉，也無疑有陣清風。

輕輕撫觸亞瑟·潘德拉岡的肉體與心靈。

那句話──

充滿良善、可貴的溫暖與光輝。
留給孩子的綠色園地。
託付給孩子的心意。
時過數年也依然留存。那是血脈、宿命，還是事業？……不，都不是。

世人稱之為「愛」吧。

「過去與現在……」

我──
我──
亞瑟．潘德拉岡不禁以母語低喃。
「……啊，我懂了。原來這麼單純。」
「咦？呃，你說什麼？」
對不起啊，綾香。突然自言自語，嚇到妳了。
過去和現在是緊密相繫，過去是建立現在的基礎。
我追求的地方，其實就在這裡。

我渴望的明天，必定就是綾香。

「謝謝妳，女士。多虧了妳，我終於明白自己真正的使命。」

「嗯？」

「我要的都在這裡。就像令堂留下了妳這個『明天』。」

妳的話，使我重獲新生。

我和不列顛的一切，一定沒有白費。

一定留下了像妳這樣的明天。

當然，不會整個世界都獲救，每天依然會有來自世界各地的流血新聞。可是我願意相信，救贖之國已經近了。對，我相信。

我當然能相信。

因為證據就在我面前。

若是懷疑，就親眼看個清楚吧。

——看看妳這個在母親遺愛中，成長茁壯的可愛孩子吧。

救贖之國就在此地。

救贖之日就在此刻。

即使不列顛這個遭巨大事象磨滅的過去，在現今人類歷史中定論為一段血洗的歷史。

「過程和結果並不相依。」

無論過程、結果、成果都是人的意志，各自獨立。

「有時候，選擇本身就是正確答案。」

我在沒有星光的夜空下仰望群樹。

今堂的選擇，無疑就在這裡。

以具體形式，留下她的愛。

以生命形式，表達她的愛。

那是多麼耀眼、多麼美好的答案啊——

「我會守護這個世界，也會守護妳，沙条綾香。」

不因為王，不因為人。

只因我是要讓任何人都能留下明天的一名英雄。

# **Knight of Fate** ACT-4

東京的夜景，宛若灑落地面的星辰。

不夜城。以人造光掃滅黑暗的千萬都市。一名少女毫無感慨般地，俯視著這個自己的所有物之一。以外國大教堂為概念建造的摩天大樓──其雙塔結構中的南塔頂上，那名超常少女帶著兩騎僕從（使役者）靜靜佇立。

沙条愛歌，生來即有全能的力量，一舉一動卻像個少女。

她的愛戀之心要吞噬東京，甚至整個世界。

一九九一年二月某日，深夜。

東京都新宿區，都廳第一總部樓頂。

「──報告愛歌大人。」

在這離地達二四〇公尺的高處，呼嘯夜風中，一名高瘦男子向他的少女主人報告近況。魔法師帕拉賽爾蘇斯。即使主人說不必特地跟來，忠實的魔法師仍一臉理所當然地站在主人身邊，不知該說是忠心還是太認真。雖然原本就有那種傾向，不過最近幾天，那份頑固更是變本加厲。

（這也難怪。）

同樣靜候於少女身旁的刺客在心中低語。

（你也知道了大聖杯的真面目吧。）

應該說，態度能維持不變就已經很了不起了。使役者對聖杯許願的欲望愈強，對從前人生的後悔或悲嘆愈深，大聖杯所造成的震撼應該也就愈巨大。

刺客心想，假如自己沒有邂逅、接觸主人——或是沒遇見那個少年（巽）——一定當場就崩潰了吧。英雄應有的強韌意志、崇高傲骨，自己毫不具備。這副身軀始終是教團的武器、兵器，對所有感性事物都極不擅長。

可是，魔法師卻沒有崩潰。

他平靜的眼神、沉穩的氣質一如既往，出於忠誠的各種行動也一樣。

那種不染俗塵的魔術師印象，沒有任何改變。

儘管緊張的弦已經繃得藏不住，少女也無意責備他。應該不會是沒有察覺。魔法師說主人不僅支配了東京，整個世界都形同落入她的掌心。這種人不會有不可能的事。

既然她選擇沉默，就表示那才是正確之舉吧。

「從昨天起，劍兵終日在東京各地遊蕩。屬下猜想，他恐怕是在尋找東京大聖杯的位置。」

即使在強風中，魔法師的輕聲細語仍流暢地傳入耳裡。

可能是用上風元素魔術的傳聲術吧。真機靈。

「呵呵，劍兵真是個急性子。」

「您說得是。」

「主賓就應該耐心等派對開始才對嘛。」

少女聲如歌詠般地說道。

她沒有使用任何魔術手段，聲音卻神奇地不受風聲掩蓋，清楚傳播。主人是朵花，是朵絕不會被任何風暴折斷的永恆之花。無論刀刃、詛咒、魔術，就連沉睡於聖杯中的「獸」也傷不了她。

月光與散布地面的無數燈火，都是給少女的祝福。

直到最後一刻。

「我雖然做了很多事——」

主人。主宰者。

接觸劇毒也不會喪命的少女。

在地下的黑暗中，不追究刺客下意識祖護了巽的隆恩光輝。

使刺客再次宣誓絕對效忠，絕不再犯下那般可恥之舉。

「在時光洪流中完全固定的事象……無法跨越。就算我能創造讓不列顛延續下來的可能性，一旦撞上事象的節點也會輕易毀滅。光榮的不列顛無論如何都會亡國，撒克遜人將建立新的國家，孕育出這個延續至今的英國。」

「事象會自我修整？」

「對。最後，世界會發展成現在的面貌。」

主人的聲音中，摻雜憂慮的音調。

非常罕見。

是有如太陽在大白天突然消失的異常狀況。

「那麼，為了他，我非得阻止、破壞這一切不可——」

即使不聽到最後，刺客也懂她的意思，魔法師應該也是。

過去、歷史、人類史。為了破壞構成這世界的一切，主人才需要聖杯。

需要默示錄之獸（Beast）。

當成進一步提昇主人力量的增幅器。

據說，主人身上的魔術迴路甚至近乎全能，足以達成超越神祕的奇蹟，具有堪稱異常的超常效能。然而美中不足的是，由於那種力量實在過於特異，無法大量使用。即使能造就各種不可能的奇蹟，規模與次數仍受到某種程度的侷限。

可是，有了以聖杯為搖籃的「獸」之魔力，就能解除這個限制。

只差一點點。

沒錯，再踏出最後一步就行了。

刺客和魔法師這幾天從東京奮力蒐集來的純潔靈魂，眾多少女的生命，將在今晚勉強達到相當於一騎靈魂的份量吧。等兩騎僕人再獻上生命，大聖杯就能實際啟動。

多半就是在今夜。

世間的一切，將從這個遠東之地的都市開始毀滅，實現主人的心願。

「刺客。」

有人呼喚刺客。

身陷思慮之中，使得她反應遲了。

刺客經過半次呼吸的時間才抬頭，見到高居燦爛東京夜景之巔的主人轉過身來。宛如嬌美花朵的沙条愛歌向刺客伸出手。啊，她要碰我了，要被她碰到了。有別人（魔法師）在看啊。

順著皮膚、下顎——

那纖白指尖，溫柔地撫摸碰每一寸都是死亡的褐色肌膚。

像碰觸易碎品那麼輕。

像戳點脆弱的泡泡。

之前，自己是如何反應？

記得是顫抖。全身哆嗦、激動得發燙，甚至沸騰。

（啊，愛歌大人。）

從遇見您那天起，我就全心全意地服侍您。

並相信聖杯給我第二次生命，就是要讓我與您相遇。

然而——

（我不停尋覓的，被人觸碰的喜悅——）

非常相近，就算斷言為一模一樣也無妨。

（除了您之外，我也在他（巽）身上找到了。）

幸虧有骷髏面具蓋住我的臉。

恍惚與喜悅、陶醉與昂揚所導致的微笑。

自責與羞愧、孤獨與哀戚所導致的哭泣。

兩種表情交雜，一定讓我的臉變得很難看吧。

「哈山，妳之前自稱吉兒是吧？」

刺客揚起視線。

見到少女的臉，有些愣住。

她的表情，臉上的情緒，不曾存在於刺客的記憶之中。那是——

「前天的妳好棒喔。那個男生是死是活明明都無所謂，妳還那麼拚命保護他。」

那是有如午間陽光般燦爛的笑容。

「我想，你一定也了解我這種感覺……愛上一個人，心裡都是他，為他癡迷，真的是世界上任何事物中——」

同時也帶有夜影般的哀愁眼神。

「最美的一個啊。」

刺客無言以對。

對於少女投來的視線、說出的話，完全無法回答。

就只是愣在那裡。

顫抖著，感覺身體急速發冷，彷彿被奪走了什麼。

「你們兩個都辛苦啦。不用再蒐集祭品了，我自己去拉一個。」

不用跟來。

刺客只能看著話一說完，就消失在黑暗中的少女背影。

——殊不知這一晚，這一瞬間。

——是第二次生命中最後一次見到她。

關於主人發狂失控。

參加聖杯戰爭的魔術師，也就是運用英靈（使役者）投入壯烈廝殺的主人，大都懷有宿願。

而且是值得他們冒生命危險參加儀式的宿願。對他們而言，等於是一種人生目標吧。

照理說，魔術師的大願都是抵達根源，但也有例外。

最需要關注的就是例外。

因為懷有大願之人，不太可能拋棄自己魔術師的一面。

聖杯戰爭這個難得的魔術儀式，並不是通往根源的唯一道路。

甚至該說，經過世代鑽研的家系魔術才是正道。

因此，並未失去大願的參戰者，較容易冷靜觀察戰局。

直到最後都可能為自保而選擇放棄聖杯。

但是，擁有私人宿願的人……

在某些情況下特別容易失控。

（摘自某冊陳舊筆記）

少女飛翔在東京夜空中。

降落於高樓林立的西新宿街道，輕盈穿越深夜時分杳無人蹤的馬路，橫跨像座森林的中央公園，一步又一步地跳過已沒有多少班車行駛，相當寬闊的鐵道。

就像圖畫書中，妖精跑過湖面的畫面。

她面帶微笑，雙眼同時也因酸楚而溼潤——

最後抵達東京都杉並區。

生活了很多年，卻仍很難說是住慣的清幽住宅區。

在這段時間，她一定是睡著了。

睡得香甜安穩，一無所知，毫無所悉。

——如果她會醒來就更好了。

玄關、走廊、樓梯和寢室門上，都設有魔術結界。

是少女的父親所布下的。

是擔憂弱小女兒的安危吧。聖杯戰爭都等同結束了，還真是一絲不苟。雖說事實上，那並非不必要的憂慮。

原來如此，父親這樣的行為很可貴。

可是那實在太過脆弱，對少女來說全無意義。

她僅僅是走過去，結界就自動解開。

低語幾聲，魔術就失去效力。

——不知道那孩子會是什麼表情。

道別的話，已經對她說過了。

就在前天早上。少女沒有遺忘。

『我很高興妳這麼親近我。』

『妳也會有明白我心情的一天嗎？』

『不會。我想，不見面應該對妳比較好。』

少女沒有說謊，那都是她的真心話。假如她有心可言。

——我改變心意了。不過呢，那都是因為妳喔？

她預測，自己再也不會回家。

她預測，再也沒機會見到那張臉。

由於她貫徹自訂的規矩，絕不預視關於自己的未來，才會有這般預測失準的時候。說不定，少女也有點驚訝。

這麼幼小的生命。

可憐、易逝、脆弱至極的普通凡人，居然能改變她的行動。

來到寢室，站在枕邊，少女低頭注視妹妹的睡臉。

妹妹。不過是人類的生物，以她想像中的模樣沉睡著。

睡得香甜安穩，一無所知，也不知自己做了什麼。

——原來她的睡臉是這樣啊，我頭一次看到。

「姊姊……？」

少女往臉頰輕輕一吹，妹妹才終於醒來。

她揉著惺忪睡眼，投來恍惚的視線。

「對不起喔，這麼晚叫醒妳。」

少女溫柔地……

不，她仍未察覺那有生以來第一次產生的情緒，伸出了手。

那是什麼。

比點更小，只有一些些，非常微薄的黑點落在她純白的精神上。

由於少女太過全能，使她無法理解。

地位與人類相差太遠，使她無法摸清。

就連人們是否稱之為「嫉妒」都不懂。

「綾香，我問妳喔。」

——妳昨晚有遇到一個人對不對？

「妳好像很喜歡我送的禮物嘛。」

問題來得很突然。

就在刺客目送少女主人離去之後。

在東京某處地下空間，具有以大聖杯為中心的立體魔法陣，定為新根據地的寬廣儀式場，有個配給刺客的房間。就在她要回那裡時，耳中聽見了那句話。不是透過魔術，是直接以聲音傳達。

今晚難得發生的事還真多。

前幾天收到那件禮物以來，已經好久沒像這樣和他獨處、聽見他的聲音了。刺客原以為這名魔術師是盡可能不與她直接對話，不過她不曾直接問過對方，其實並不太能確定。

是一時心血來潮嗎？

不。刺客不認為魔法師的思慮像她那麼淺薄。

他會親口說話，一定有他的用意。

「魔法師，我不會回答你這個問題。」

「這樣啊。」

原以為他會轉身就走。

但這個舉世聞名的鍊金術大家卻當場紋風不動。

他就此佇立在黑暗中。很適合他，他就是這麼一個適合陰影與黑暗的人。就像註定要在黑暗中活動、潛行、殺人的刺客一樣。儘管最後死於非命，他仍是一時廣為人知的醫界人士，有眾多仰慕者，擁有一段值得刻入英靈座的人生。然而——

真是太諷刺了。

這個實至名歸的正派英靈，竟與本質完全不同，稱之為反英雄的邪惡刺客共事一主。

為了同樣的目的，尤其是在這幾天反覆作惡。

擄來眾多毫不知情，與神祕和聖杯都無關的無辜少女——

「抱歉。我也知道一再重複講同一句話很不識趣，可是——」

「既然要道歉，那就別說了。」

「不，毒女，我不能放過這個機會。」

魔法師把臉湊近過來。

近到唇與唇幾乎相觸。

「她，統馭我們的那位大人，對妳絕不會感興趣。妳懂不懂我為什麼會這樣說？」

「……懂。」

「妳應該也察覺到了。妳對她的感情，與妳生前渴望的高貴感情不同。那不是愛，也不是情。或許是想從她那邊得到些什麼，但也無法否定那只是表面如此的可能吧。那是——」

「我知道。」

刺客輕聲打斷那名魔術師的話。

沒必要再聽下去。

因為刺客十分明白那天、那晚，他手指著活屍說要送給她究竟是為什麼。他說，刺客有必要知道她真正愛的是什麼。當時還完全想不通那是什麼意思，現在已能把握、理解。

她一次又一次地，重複那晚的延續。

聽擔心她安危的少年說話——不，曾是少年的那具屍體所重述的話。

每當他反覆說出那些話。

都像是用短刀往她的心口挖。

所以，不再計較了。

魔法師令人髮指的行為，刺客如今已不再怨恨。

「那麼刺客，妳還有選擇的餘地。」

「你說什麼……」

「這裡已經成為黑暗淵藪、惡獸的搖籃。可是，妳的靈魂並沒有在這極度的無情與殘酷中失去光芒。那晚，妳捨身保護少年的屍體，表示妳還有機會找回曾是英雄的自己。」

妳要繼續前進？

還是就此死滅？

成為一個棲居陰影的黑暗之徒，一切光明事物的敵人。

甚至蝕世之獸的褓姆，這樣真的好嗎——

沒錯，這名魔術師拋出了問題。

問她要墮落到什麼地步。

如同先前遇見的古波斯弓兵。

「謝謝你，魔術師閣下。」

唉，你究竟要管多少次閒事啊，魔法師帕拉賽爾蘇斯。

假如變身能力能再高超一點，刺客恨不得想立刻變成鏡子反彈他的話，而她只能慢慢點頭。沒有迷惘。應該是之前主人觸摸她的那一瞬間，或是昨夜情急之下掩護少年屍體的那一刻，她的末路就已註定。

「我也有自知之明。我相信……我已得到真正的滿足。」

所以，請你不要露出那種表情。

走在邪惡之路上，卻又期盼善良正義得以伸張的愚昧魔術師啊。

「但即使如此，

若不是沙条愛歌，我也無法體會那種感覺。」

我的心智很正常。

我的感覺很平靜。

完整接受任何一切現實的心，如止水般透徹。

沒有一絲動搖。

沒有半分迷惘。

……不，大概不是。

我心智異常，根本不平靜，充滿動搖、迷惘。

我是不是已經瘋了？

我是靜謐的哈山。

哈山・薩瓦哈，以影之英靈（刺客）身分現界於現代的昏愚之徒。

當那獨一無二的少女在東京遊蕩途中收留我後，我明明已經當她是永遠的主人，誓言效忠，現在卻成了夜夜擁抱著巽，感覺肉體因而火熱、亢奮，卻也因而厭惡自己而流淚的膚淺女子。

即使獲得了主人。

滿足到幾乎滿溢而出。

自認能為她而死。

現在卻如此貪求他人給我的感受。

昨天和前天，在地下空間屬於我的角落，魔法師所製作的石牢般房間裡，我都在擁抱那個曾經在東京生活、曾是那名少年之物，應該曾有過心願與執著的可敬殘骸。

看。

他依然在等我回來。

我刻意發出腳步聲出現，那死去的肉塊跟著就向我伸出了手。

巽。不，曾經是巽的東西。

「啊、啊……妳、妳……要……」

他的時間已經停滯。

依照被我的唇融化腦髓之前，大腦所紀錄的那一小段資訊。

「快、逃……」

要我逃走。

當我是被遭聖杯戰爭波及的可憐少女。

認為有必要保護我，遠離魔術、聖杯、神祕等超常危險。

儘管你是那麼地脆弱，那麼地無力，在當時和現在卻都如此為我著想。彷彿童話中邂逅公主的騎士，要守護可貴的事物，成為正義使者。

「巽。」

我從臉上摘下白色骷髏。

露出原來的臉。由於暗殺手段需要，我仍保有原來的臉。

暗殺教團之主，歷任哈山．薩瓦哈之中，也曾有人為割捨過去的自己而甚至捨棄了自己的臉，但我畢竟不是那種英傑。到頭來，我只是一個生為女性、發揮女性功能、死為女性的人。假如我堅強到能捨棄自己，會不會活得比較不一樣？

還會是毒女、毒花嗎？

「我回來了。」

「快、逃……妳、要……活下、去……」

「謝謝。我還活著喔，小巽。」

我輕聲細語著擁抱了他。如同過去。

冰冷的你，來野巽。

我已經不記得你在世時的體溫了。

即使奪去你性命那一刻的甜蜜觸感、嘴唇的柔軟仍能清晰憶起。

「巽。」

真的只要這樣輕輕摸一下，人就會被我的肉體殺死。

構成肉體的一切都是為了奪命而製造、規範、運用的人形劇毒，那就是我。在身亡而刻於英靈座之前，為制裁敵視我教義的一切而活動。

「我是殺手喔？你記得嗎？」

對，我殺了很多人。

一殺再殺。

一殺再殺。

有英雄之稱的勇猛將軍或騎士，還有你這樣的少年，都曾死在我手中。

「我殺的人，多到數不清了。」

因此，深夜廣播節目將我描述得像「死神」一樣實在很貼切。

戴著骷髏面具的暗殺者。

暗殺教團教主，歷任哈山．薩瓦哈之一，擁有靜謐稱號的毒殺高手。這樣的我，是教團模仿從紀元前就開始在印度等世界各地流傳的傳說人物「毒女」，在現實製造出來的暗殺工具、兵器。

我以極高效率不停殺死目標。

在枕邊、巷弄、暗處。只要服用特殊藥物調整體內毒素再配合正確風向，甚至能毒死一整支軍隊，不過大多時候是一對一。神不知鬼不覺地接觸對手，奪其性命。

「就像殺死你一樣。」

勾起保護欲的少女外表，完全是假象。

這副肉體對任何毒素免疫，同時也是毒的結晶。從指甲、皮膚到體液都是劇毒，能輕易在國王、貴族或將軍的寢室，無聲無息地殺了他們——

因為我成了他們的情人或未婚妻。

動手之前，與暗殺目標構築出那種關係的情況相當多。

「……雖然命令上都說那是該死的敵人，可是被我用這雙手、這身體、嘴唇殺死的人，每一個都曾經活過。」

有親人，有朋友。

一個活生生的人。

為使目標放鬆戒心而與其親近的過程中，自然會知道那些事。

其中個性博得我好感的人並不少。讓我覺得萬一發生奇蹟而真的和他結了婚，一定會過得很幸福的人，也不是完全沒有。

總歸來說，我——

就是反覆地親手構築不會成就的幸福，再親手奪走。

「有的是壞人，有的能感覺出來是好人。」

而他們都被我所殺。負起教團之主的使命。

漸漸地，我的精神開始出問題。

開始迷惘、動搖，失去平靜，甚至無法正常思考。

「我變得不再是自己，沒辦法再殺人，發瘋了……啊，或許是恢復正常了。」

我閉眼回想。

巽，那段記憶，和對你動手的那當下一樣清晰。

教團紀錄中對我，靜謐的哈山這名女子的死法，有的說是將軍覺得我連手都不讓人碰很可疑，便砍了我的頭；有的說我表明自己殺手的身分，請求將軍殺了我——

而事實相當單純。

我愛上了將軍，想說明我其實是教團派來的殺手，結果在他不注意時，被那位大人，形同恐懼支配者的那位偉人，親手砍了我的頭。

「我被那位大人肅清了。能讓我以身為哈山・薩瓦哈而驕傲的，就只有那一刻吧。」

「…………」

巽。無論我說什麼，你的反應都沒什麼變化。

完全就是個損壞的機器。

你今晚也會說我不想殺妳、別過來或快逃吧。

我懂。

你早就毀壞了，而且是我弄壞的。

無論怎麼修，你都不說其他的話。

到最後一刻也不會說吧。

「哈、山。」

聲音在石牢中迴盪。

我一時沒反應過來。

經過一整段呼吸後，我抬頭見到的，是你。不可能學習新知的你，向我伸出了手。

啊，你想碰我。要被你碰了。

皮膚、臉頰。

冰冷的指尖，接觸殺了你的褐色皮膚。

有如孩子尋求母親。

有如母親安慰孩子。

我的身體猛然一顫，竄過背脊的感覺甚至堪稱衝擊，使我不禁喘息。這是什麼？在乙太構成的虛假肉體中奔馳的感覺，是驚愕？是昂揚？還是情慾？抑或是——

「那名字……」

臉上沒有骷髏面具掩蓋。

情緒顯露無遺。

反映我實際心情的臉孔，究竟是什麼模樣？

「你怎麼……知道我的真名……」

「別、去。」

啊，巽。

難道你真的懂？

「別、死。」

啊，真的沒錯。

你這麼說，是因為早已明白我想做什麼。

那是魔法師所精鍊的「賢者之石」所導致的偶然，還是大腦保存狀態其實超乎預料地良好而導致的必然？我無從斷定。無論如何，奇蹟發生了，巽呼喚了我的名字，呼喚了真名。

即使淪落成現在這樣，你還是在關心他人的安全啊。

來野巽。

你具有與那個人不同的光輝。

我這種人，根本不配擁有你——

那應該是個能與你相依偎，攜手走向明天的人。

「謝謝。你是第一個對我這麼說的人。」

對不起。

在這一刻伴著你的人是我，對不起。

「……巽，從殺了你的那一瞬間開始，我就愛上你了。」

說著示愛之言——

我，淡然微笑。
我，悲傷流淚。
握起你的手——
輕輕揮起以魔力構成的短刀。

別死

別殺

快逃

活下去

（摘自刻於石牢中的文字）

然後——

我在通往寬闊地下空間的道路上獨自等候。

通往地面的路只有一條。

要抵達沉睡於東京最深處的大聖杯，這裡是必經之地。

我有預感。

也很確定。

他一定會來。

排除萬難，跨越任何障礙，找出威脅世界的獸之搖籃。

以刺客之身現界的我，沒有預測未來的能力。

但我仍能察覺自己是否接近死亡。好歹是第二次了。

「是刺客啊。」

看，來了吧。

不該有光線的地下通道中，出現了彷彿渾身散發光輝的騎士。

蒼銀的騎士。有那麼一瞬間，我愣住了。

他的視線就是那麼強勁，充滿堅韌的意志與決心。

啊，那是……

就是正義英雄的眼神吧。

與反英雄完全不同。那是名副其實，受人長久傳頌的救世勇士。

他跟你一定會很聊得來吧，巽。

「劍兵，最優秀的使役者……老實說，我並不知道你是擅長在城市裡調查、搜索的英靈。」

「這並不是靠我自己的力量。」

原來如此，你請求沙条家當家的協助了嗎。

「主人正在用大聖杯進行儀式，不准你通過這裡一步。」

「讓開。」

「辦不到。」

「我不會再說第二次。」這句話帶著劍刃般的銳氣。

他想阻止儀式。

主人為啟動大聖杯而投注全心全意的，最後儀式——

「為什麼？」我不客氣地問。

心中並無氣憤，只想對認定為主人的人物奉上最後的忠誠。

「主人的行為恐怕是屠殺沒錯，可是，那都是為了實現你的願望！」

「願望應該託付給明天，託付給人民去實現。」

說這麼冠冕堂皇的話。

你已經給主人定罪了嗎，劍兵？

表示你不想依靠邪惡，主人所做的事全都錯了？

「……而且我發過誓，要保護讓我明白這點的孩子。」

誰？什麼孩子？

霎時，我想起主人的妹妹——

不會吧。我沒有足夠資訊推導，也沒時間思考。

「為什麼？你怎麼會有如此崇高耀眼的慈愛？」

我低持短刀。血已經擦乾了。

思考到此為止。

「我不准你到主人那邊。」

開始廝殺吧。若你執意前進，我也別無選擇！

加速。紫電。

交錯。切斷。

騎士(劍兵)與殺手(刺客)交鋒的瞬間，黑暗中迸出光芒。

「…………！」

啊，原來差距這麼大。

還以為自己對於撂倒重裝備騎士有點心得了，結果完全是自大的錯覺。我的刀根本沒機會抹進他堅固鎧甲的縫隙。

到第二回合還擋得住，但劍勢猛然提昇，擊中我的身體。

儘管靠體術避開了被當場一刀兩斷，靈核卻已遭到致命傷害。

他用的是具有絕大威力的黃金之劍。那就是聖劍解除風之結界後的樣貌？

我實在不是對手。

怎樣也無法活著戰勝他。

「漂亮。」

面具也破了。

事到如今，我也不會為露出女性徬徨臉孔這種不名譽的事感到羞愧。

快想。該怎麼戰鬥，怎麼殺死他？

我最後的絕技，以這身血肉轉化成的毒花，就算要不了你的命也能痛咬一口！

然而，我明明心意已決。

我的咽喉卻逕自——

「無論計畫成功與否……

一旦大聖杯啟動，東京一千萬人口都會消失。」

說出這樣的話。

明明根本就不想說。

即使魔力只剩下一點點，應該要立刻用來攻擊。

「我什麼都沒想。就算天崩地裂，世界末日到來，我心中對主人的忠誠……也絕對不變。」

唇與舌，卻不聽使喚。

「可是……」

違背我的意志。

不，說不定那才是我要的。

「現在，巽的妹妹也在東京。

其實我也希望，她能……活下去……」

發自內心。

發自靈魂深處。

我如此祈禱，如此期盼。

儘管再怎麼努力保持思緒清醒、心情平靜，嘴上還是不受控制。

為己迷惘、為愛困惑、為死恐懼的我不停顫抖。

我——

「我……是不是瘋了……」

關於必將現界為影之英靈的使役者——

刺客的運用方式。

就戰力觀點而言，召喚為此一職階的英靈確實堪慮。
若是直接對上以戰力見長的三騎士或狂之英靈（狂戰士），差距更是顯著。必須避免蠻力的比拚。

刺客具有斷絕氣息的能力，當然還是得用於暗殺。
英靈不僅能感受魔力的存在，也能察覺使役者固有的氣息。
而刺客能避開這個感測能力。

能保持完全隱形的刺客，在偷襲上能發揮最高的優勢。

然而——

不是用於英靈之間的對戰上。
切記，刺客在暗殺主人時，才能發揮最大效果。
若狀況允許，或許有機會消滅三騎士之一。

即使如此，若是在並未維持斷絕氣息的狀態下戰鬥，勝算並不樂觀。

（摘自某冊陳舊筆記）

我沒能聽見他的回答。

劍兵說的話。我已經聽不見了。

所以，該辦正事了。

就讓我完成在這裡該做的事吧。

既然是真名為哈山．薩瓦哈的刺客，就該有不負真名的死法。

我將化為毒花而死。

為第二次生命閉幕。

哪怕粉身碎骨，違反天理自然一切倫常，億萬魔神(Shaitan)阻擋，我也必將穿過死亡之門，助您實現願望。

沒錯，都是為了您。

我親愛的主人啊。

您比任何人都耀眼。

您比任何人都可怕。

讓我學會如何擁抱心愛的人——

與我同樣，愛著某人的您。

沙条愛歌——

# **Knight of Fate** ACT-5

「……那就是妳的選擇嗎。泡影般的靈魂，哈山・薩瓦哈。」

在黑暗的正中央。

有個人身穿魔力所構成的白袍，閉上眼這麼說。

那發聲而成的言語，竟絲毫沒有撼動瀰漫於黑暗中的寂靜，且有種奇妙的音韻。彷彿自然森林樹葉所滴落的朝露，充滿清澈的平靜。

不知情的人，多半會認為是優美的聲調吧。

「我相信，妳也得到了某種可貴的事物。」

話聲又起。形狀姣好的嘴唇微動。

好美的一個人。

身材高瘦，佇立在通往地下大聖杯的路途——

烏亮的黑色長髮，彷彿精織的頂級綢緞。或許有人會錯認為女性，但他是不折不扣的男性。如此生物學角度的分類，對他而言並無意義。這個以乙太構成虛假肉體的使役者，同時也是觀念上對於性別差異並無區分的人物。

術之英靈（魔法師）。

真名為馮．霍恩海姆．帕拉賽爾蘇斯。

畢生追尋曾經的真世界、神話時代星光的魔術師，也是舉世聞名的鍊金術師。為聖杯造就的大規模魔術儀式——聖杯戰爭而出現在西元一九九一年的東京，起初為一睹抵達構成世間萬物的「根源漩渦」而投身戰鬥，途中卻背叛了將他召來現代的魔術師。

數百年前他仍在世時，還夢想創造孩童能獲得足夠關愛的未來，最後在醫療發展上，對人類提供巨大貢獻而留名英靈之座。

在黑暗與寂靜中，他耐心等候某人到來。

並做好了萬全準備。

為防禦而設下的多重結界，甚至能充分抵擋以直接破壞力見長的三騎士之近身攻擊。就算他有辦法弄來戰車等現代武器，只要用特別堅實的土元素——金剛石盾與結界並用，應該不會受到半點傷害。

防禦十分確實。

攻擊方面，也還有保留至今的底牌能用。

魔法師手中短劍一旦發揮力量，無論任何神話、傳說、野聞、帶著魔力現界的任何東西，都會立刻遭到污染。

即使為尋找地下大聖杯，而在地下空間不停奔走的入侵者能毫髮無傷打倒刺客，狀況仍對魔法師有利。這種陣地逼退普通英靈是數以秒計，想破壞靈核反擊也輕而易舉。

可是。

此時此刻，往此處邁進的英靈非比尋常。

是手持聖劍的騎士。

是斬除惡逆的勇士。

心懷正義，終於找回自身使命的真英雄。

「女人啊，追尋心願之人啊，你們終有得償遺憾的一天，但世界就是偶爾會被邪惡覆滅。祈願未果、幸福破滅，意念遭到踐踏。無辜百姓得不到半點愛憐。」

魔法師帕拉賽爾蘇斯睜開雙眼宣言。

同時，感到自己的所在地，這邪惡蠢蠢欲動的黑暗正是自己的歸屬。

「而現在，我就要成為蹂躪正義之道，散播邪惡種子之人。」

完全就是邪惡。叛逆。邪門歪道。

自從背叛了為贏得聖杯戰爭，而召喚他的玲瓏館家那一刻起，此身已偏離人道，化為魔類。當年，有眾多魔術師為成就大願而違逆人倫，但他對此生態既不批評也不贊同，以救人愛子、推進醫療及社會程度為信念而投注畢生精力。但現在卻完全相反，向無情無常的世界主宰伏首稱臣。

完全放棄。

連反抗的選項都沒有，會是因為擁有一顆學識不夠淵博的魔術師頭腦嗎？或許很有可能，但畢竟不僅如此。在玲瓏館宅邸前院邂逅他的真正主人，頓時扭曲、碾碎了他脆弱的靈魂，就此失去原來的模樣，徹底萎縮。遺憾及後悔源源不絕的心中最後所留下的，只有對美麗又可怕的世界主宰的敬畏。

這副身軀，已不配稱為英雄。

那麼接下來等著他的，絕不會是一場光榮的戰鬥。

「……在童話裡，我就是阻撓騎士的邪惡巫師吧。」

現在也只能演好自己的角色了。

但戲也要等騎士抵達才能開始演。通往地下深處的道路非常地長，還有很多時間讓魔法師這樣自言自語。

等待的時間，該做些什麼？

再次閉目的魔法師，腦中浮現的是——

兩名少女。

——一個是形同世界本身，有如創造萬物根源化身的少女，沙条愛歌。

——一個是等於親手殺害，一身王者風範的高貴少女，玲瓏館美沙夜。

「愛歌大人。」

為前者，魔法師可以奉獻性命。如同影之英靈。

當然，他也早有此覺悟。

無怨無悔——但若這麼說，就是說謊了。

魔法師短嘆一聲，回想過去。

「美沙夜。」

不是數百年前生前的過去。

僅僅才兩週前的事。

他與註定在所有人寵愛中降生，具王者宿命且才氣縱橫的可愛女童，有過簡短的對話。

那是一段洋溢著幸福與溫暖，特別的時光。

「寶具……」

「對。Noble Phantasm，可說是我們使役者的底牌。其實妳已經知道了吧，美沙夜？寶具大多是藉解放真名發揮力量，不過效果常駐型的寶具不在此限。」

「我有聽說寶具有很多類型，也有很多種能力。」

「沒錯。寶具可說是英靈名下傳說的象徵，而正由於每個英靈的生涯各有不同，寶具的力量也必定充滿千變萬化的可能。」

這是成為叛賊前的記憶。

當時他還是與玲瓏館當家結契約，以使役者兼朋友的身分活動。

這是在召喚出魔法師的隔天。於數小時後騎兵就要來訪的玲瓏館邸客廳中，剛結束晨間對話的魔法師帕拉賽爾蘇斯與年幼的美沙夜，再次開始交談。

不是以師徒身分傳授知識或技術。

這方面，先前已遭美沙夜鄭重謝絕。所以他現在不是開導年輕魔術師的先進，單純以朋友身分，同樣志在鑽研魔術、擁抱神祕邁向大願的同道中人身分對話，也就是閒聊。

是的，說的都是些無關緊要的問答。

因為那種程度的資訊，玲瓏館當家都教過她了。

「那比魔術師用的神祕更強吧？」

「是的。某些英靈甚至能實際發揮神話時代的力量。這種英靈的力量，會在被召喚為使役者時受限……但也有可能出現相反狀況。」

「就是力量增強的狀況吧？」

「對。」

帕拉賽爾蘇斯頷首飲茶。

那是他以自身血肉培養的女性型人造人——只是外觀塑為女性，並沒有完整的雌性生物功能——所沖泡的進口紅茶。還不錯。此外，還有同樣是她們烤的餅乾類茶點。不只是因為小孩多半愛吃甜食，帕拉賽爾蘇斯自己也頗喜歡餅乾。

那是源自法國，口感輕柔薄脆的餅乾。

好像叫做威化餅。

「你該不會……」

轉頭一看，美沙夜似乎有話想說，魔法師便以微笑請她說下去。那聰慧的少女表情隨即大放光彩，問：

「很喜歡吃甜的吧，魔法師？」

「是啊。那是很久以前的事了，我從小就很愛吃甜食。現在想想，我真是個愛享受，也很有鬼腦筋的孩子。剛上十歲那年，我還以實驗為藉口精製出比市面上純度更高的砂糖，偷偷吃得很開心呢。」

「偷偷吃？」她表情好驚訝，是失望了？

「對呀，偷偷吃。」

「……真想不到耶，魔法師。跟愛搗蛋的小孩沒兩樣嘛。」

在這麼說之後，美沙夜笑了。

那是能看出母親教育有方的優雅微笑，卻依然保有童真。

若情況允許，帕拉賽爾蘇斯感動得好想立刻擁抱她，不過他終究是忍住了。儘管那是他無數子弟的後裔，可說是孫子或曾孫，使役者還是不該與這個時代的人深交。

即使獲得乙太構成的血肉而現界，英靈畢竟不屬於現實。

不過是從過去投影到現在的虛像。

因此，能感覺就夠了。

感覺她的溫暖、燦爛。

因為自己是他們為邁向大願，而召喚至此的過客——

「我可能真的很愛惡作劇，或許比甜食還喜歡。長大後還是會做很多調皮的事，在鐘塔和阿特拉斯院都被罵了好多次，甚至有人說我是異類。事實上我也許只是稚氣未脫。」

「可是完全看不出來。」

「這可難說喔。」

「別這麼說，你為醫療的發展奉獻了人生和生命，這是確定的事實。不然你也不會被刻在英靈座上了。」

「妳太過獎了。不過我還是謝謝妳，美沙夜。」

帕拉賽爾蘇斯與最新結識的朋友交談甚歡。

和緩、沉穩，心懷慈愛。

「妳真是個既聰明又可愛的孩子，更是一個善良的孩子。」

「才沒有呢……」

「不，我是十分肯定才這麼說。」

溫暖的時光。

幸福的時光。

毫無虛假，他由衷認為這十幾分鐘，是他現界於一九九一年期間最寶貴的時刻。

帕拉賽爾蘇斯疼惜地注視令人目眩的玲瓏館美沙夜。

世上每一個可愛的孩子，都像星光那麼寶貴。

儘管大氣充滿真乙太的龐大魔力，超常諸神以睿智統治人間的時代已經是失落的遙遠過去——至少這些誕生於新世的孩子們，仍擁有無限潛能，相形之下並不遜色。

因此，魔法師帕拉賽爾蘇斯，對孩子懷有無限的慈愛。

常有人說魔術師是踰越人道的超越者，但他認為那只是片面的事實，並非絕對。既然心懷大願，苦心鑽研經過重重淬煉的知識與技術、繼承魔術刻印、確保世代傳承，是魔術師的自然生態，是否能這麼說呢——

一言以蔽之。

魔術師的人生，就是不斷將希望和期盼交給下一代。

這一點，和普通人有何不同？

「美沙夜，我一定會回報妳這份善良。」

不會再有的時光。

有幸在淪為惡逆之前體驗的奇蹟。

時間雖短，卻是心中縈繞不去，黃金般閃耀的記憶。

而這短短的十幾分鐘——後來已從美沙夜腦中抹滅得一乾二淨——

「魔法師，我有東西想給你看。」

說再多，不如直接看來得快——

下午茶後。

帕拉賽爾蘇斯在美沙夜帶領下，來到靠近後院的小倉庫。

以「後院」一詞代稱的，其實是一大片具有深邃綠意，堪稱森林的土地，所以這個小倉庫也大得像略具規模的山莊，有專門的特雇管理員維持。

轉動鑰匙，一開門就是撲鼻的灰塵，讓美沙夜咳了幾聲。

哎呀，這可不好。

「還好嗎，美沙夜？」

「謝謝，我沒事。別擔心。」

美沙夜以手帕掩住口鼻，在前頭帶路。

看樣子，她的目的地是蓋了一大片白布的角落。布該怎麼掀才好？用力拉開，會弄得滿屋灰塵——在臉上寫著這些話的美沙夜身邊，帕拉賽爾蘇斯低吟道：

「風啊。」

白布隨之逐漸浮起，自動摺疊起來並置於地上。

是單動魔術。操縱了空氣，再配合念動力。

雖然沒什麼了不起，卻讓美沙夜看呆了。

「雕蟲小技不足掛齒。」

於是他補上這麼一句。

美沙夜似乎有話要說，但他忍不住打斷了。

因為見到了令人驚奇的東西。

「啊……這究竟是什麼啊……」

並幾乎誇張地大聲讚嘆。

白布底下露臉的幾項物品，使魔法師驚奇得兩眼發光。玲瓏館當家表面上有「城中名流」身分，那都是與他有利害關係的人致贈的禮物，從未拆封的也不少。

從人偶、布娃娃等女孩會喜歡的東西，到電玩遊戲機或機器人玩具等男孩玩具都有。可能是自己看對眼就買來送，沒考慮過對方的喜好吧。

總而言之，那幾乎是魔法師不曾接觸的東西。

「喔喔，這是數祕術(Gematria)的魔像嗎……？」

「錯了，並不是。」

美沙夜表情僵硬地搖搖頭。

大概是在強忍急湧的笑意吧。儘管不必勉強，帶點微笑也沒關係，這位幼小的王者依然試圖保持風度。

「這是裝了電子機械的機器人玩具，記得它是只會丟球……跟數祕術無關。」

「這樣啊？」

美沙夜繼續介紹了幾樣東西。

狀況與晨間的對話正好相反。那是在桌台上模擬球賽的遊戲，那是能透過交換卡匣玩不同遊戲的電子機械，那是可以從車子飛機變成人形的玩具，那是擬人化動物和他們的房屋模型，那是可以換衣服的人偶——

「啊啊，這真是……真是太美妙了。小孩的玩具居然能這麼豐富，運用了這麼多技術，大開眼界啊。」

「……我也很驚訝。」

美沙夜盡可能地不露出笑意說道。

並仰望高瘦的帕拉賽爾蘇斯。

「我聽爸爸說，使役者會從聖杯獲得現代的知識，所以我以為這些你都知道。」

「只有表面上。聖杯給我的知識，感覺和接觸實物相差太多。若是書上的知識，還能讀到作者的感想啊。」

「你是說聖杯給的比書本還差？」

「倒也不是。聖杯給的知識非常中立且正確，我想沒有優劣的問題。」

帕拉賽爾蘇斯這麼說著，並將玩具從人形變成汽車，滿意地點點頭。

轉向美沙夜時，臉上已恢復微笑——

「謝謝妳。看來我是現界到一個豐富的時代了，它們都是很棒的寶貝。」

「很高興你能喜歡。」

寶具使用須知。

寶具，即神話、傳說、鄉野傳奇中的超常神祕、足堪破壞現實的武器等技術顯現為明確實體之物，可視為英靈（使役者）的殺手鐧。

即使不具有直接破壞力，也可能一舉改變戰場情勢。

寶具有對人、對軍、對城等分類。

基本上，以破壞規模界定的分類也可適用於寶具。

然而這些對單人、對集團以及對據點規模的分類，並不適用於所有寶具。不以內含之魔力進行直接破壞的寶具，應是歸於其他分類中。

此外，破壞規模較高的寶具不一定較「強」。

聖杯戰爭的重點還是英靈（使役者）與魔術師（主人）。

英靈使用具備大規模破壞力但難以連擊的對軍寶具，卻遭到可消耗最少魔力，並迅速剷除敵人的高精密度對人寶具瞬間消滅，這種例子可說不勝枚舉。

切記。

威力大小固然重要，但並非首要條件。

寶具的效果非常強大，必須慎重且大膽地使用。

由於所有英靈都至少擁有一項寶具，使用時機若稍有不慎，就此一路敗退也不足為奇。

別錯放必殺的機會。

要培養能精確判斷狀況，進行戰術、戰略性思考的頭腦。

但是，凡事當然都有例外。

最強寶具。

最強神祕。

這世上還是存在能將任何戰術或戰略，化為灰燼的可怕寶具——

（摘自某冊陳舊筆記）

聖劍閃耀輝煌。

在絕望的盡頭——通往大聖杯的漫長黑暗道路上，那是唯一的光源。

常人看了，或許會聯想到暗夜中的星光，但在蘊藏魔力，具有魔術視覺的人眼中，卻能清晰見到身披蒼銀甲冑，眼中決心屹立不搖的騎士單手握持聖劍的模樣。

劍之英靈（劍兵）。

逐漸現身於魔法師視野中央的的天命之人。

「我等你很久了。」

覆蓋黃金劍身的風鞘已消失無蹤。

是對戰刺客也有必要解除，還是戰略上不需要再對敵人隱藏寶具而捨棄了？隱匿寶具與隱匿英靈本身的真名有直接關聯，反之亦然。這是因為倘若寶具與傳說中的器具同名，一旦暴露，對方自然就容易制定對策。

不過，現在雙方都知道彼此的真名。

帶著聖劍的騎士王，真名為亞瑟・潘德拉岡。

統馭五大元素的魔術師，真名為馮・霍恩海姆・帕拉賽爾蘇斯。

「歡迎來到絕望與恐怖之門。騎士大人終於抵達這裡了。」

「給我讓路。」

「可以。在那之前，先回答我幾個問題。

你如今仍是期盼拯救已逝祖國的騎士嗎？」

「不(NO)。」

「你仍是執著過去，受聖杯擺布的滑稽小丑嗎？」

「不(NO)。」

騎士的答覆都是一樣簡短有力。

毫不遲疑，伴隨著劍刃般的逼人氣勢。

「我明白了。」

魔法師緩緩頷首。

有如聽見學生說出最佳解答的導師，平靜地感到驕傲。

他期盼此刻已久。

以這遠東之地的語言來說，正可謂一日三秋。

實際時間只有短短幾天，根本就不算長，卻有時隔百年的錯覺。叛離一切正道而墮入害人惡途，服侍世界的每一天時間似乎異常緩慢，那濃稠的感覺每分每秒都在折磨他渾身上下。作惡的生活，就像在溫熱的泥炭中慢慢游動，不停張大嘴巴嚥下污水。

我是逼不得已，每天都覺得屈辱——要這麼說很簡單。

可是魔法師沒有那麼做。

因為活在比自己更強大的絕對主宰指揮下——

是那麼地美妙、安樂。

捨棄個人的自我與尊嚴，倘佯於巨大的力量奔流。

其中沒有任何不安或勞苦，只有無邊的安寧與快樂。

「……在這場聖杯戰爭中，你面對自身命題的日子對我來說，卻是陶醉於墮落之樂的時光。就算被推進大聖杯而遭吞噬，我的靈魂也不會變質吧。因為它已經完全染黑了。」

魔法師微笑著以左手抽出寶具。

能自由操作五大元素的鍊金術師，用的是以其傳說為原型的魔劍。以Azoth劍之名在魔術世界廣為人知，具強化魔術及增幅魔力之效的禮裝。

從拔劍起，他的動作就笨拙得會讓使劍好手不禁失笑。

然而他仍有種難以言喻的詭異殺氣，死亡氣息。基於確定具有殺敵的自信與實力而來，肉食野獸的猙獰。即使不曾學習戰鬥武術，也能讓人信服他具有為殺而存的爪牙。

「可是我很高興見到你來訪。你會殺了我吧？」

「你希望我殺你嗎，魔術師？」

「不不不。呵呵，這誤會我可承受不起啊，劍兵。我已是大逆不道、自知邪惡之人，幾乎可說是個糟蹋可貴事物的邪魔，怎麼會乖乖伸出脖子要你砍？別傻了。那不過是個純粹的疑問。想知道你這個當代的聖劍士，為何非得砍我的頭不可——」

魔劍開始發出淡淡光暈。

準備動作。一個解放真名的步驟完成了。

「這就是我。我是英雄之敵。

我等同是親手殺害了我當作朋友的現代魔術師，

也等同是親手詛咒了朋友最疼愛的年幼女兒，

並如同我過去的宣言，將遠東之地的眾多人命一個個獻給大聖杯！」

準備動作，同時發動體內的魔術迴路與魔術刻印，與寶具連結。光紋在皮膚表面奔竄。

過剩魔術活動引起的劇痛，使全身苦不堪言，但他不為所動。

「如今也一樣，一樣，一樣……！

這條路走到最後，你也會見到那群被奪去意識、封鎖智慧，成為自動自殺機械，只懂獻出生命的少女吧！那些我曾憐憫，決定付出生命去愛的人們，全被我……哈哈哈！全被我非常有效率地殺掉了！」

準備動作。啟動設置於整條通道的魔法陣，加強寶具效果。

接著，有個東西流下。

與寶具無關——

一道暗紅，輕輕劃過臉龐而滴落。

「……那你為何流淚，魔法師？」

「不，這怎麼會是淚！吞食人性尊嚴的惡鬼不會流淚！」

話雖如此。

紅色之淚仍不停地流下。

「此時此刻，我！就只是跟隨世界公主(Potnia Theron)的一頭惡鬼！」

巧的是那正與六天前，玲瓏館當家喪命時流下的血淚十分相近，但魔法師並未發覺，劍兵也一樣。有若反英雄的英靈只是佇立於黑暗中，激動地高聲宣告自己的惡行並撒下紅點。

他的言行看似狂亂——

但其實不然。他的行動精確無比，寶具已解放至必勝狀態。

然而，相信劍兵也是如此。取下風鞘，展露黃金劍身的聖劍只要一經橫掃，就能放出平時數十倍威力的斬擊；若再解放真名，必能重現他在神殿決戰以星光摧毀萬物的偉業。

「魔法師。」

騎士的眼眸，凝視五大元素（Average One）的支配者。

「自稱邪惡的鍊金術師，我最後再問你一句，你為何追求聖杯？」

「愚問！我要抵達根源，掌握此世的真理，拯救天下蒼生……！」

——為了呵護所有可愛的孩子——

有種倒抽一口氣的感覺。

來自魔法師。他震驚得幾乎茫然，不禁回顧自己所作所為。

接著喃喃說聲：「原來如此。」表示理解。

「……原來我……」

並高舉魔劍。

地、水、火、風四元素結晶隨之升空。

「根源……和聖杯的光輝，從一開始就蒙蔽了我的雙眼嗎……？

我帕拉賽爾蘇斯……滿口仁愛……等待正義的制裁，卻又……」

魔力凝縮、凝縮、凝縮。

「卻又犯了如此醜陋的錯誤……！」

在咆哮中解放其真名。

——元素師魔劍(Sword of Paracelsus)。

魔力放射。貫穿黑暗的乙太光奔流，填滿了地下通道。

魔法師的寶具——原型Azoth劍具有超高密度魔力結晶而成的劍身「賢者之石(Elixir)」能完全同步四種元素，暫時發揮媲美對城寶具的威力。轉換為光型態的魔力，理論上足以確實擊潰三騎士等級的使役者。

當然，那還得先命中。

而此事並未發生。劍兵以聖劍為盾，徹底抵擋了魔劍發動的魔力放射！

「還有防禦能力！不過，聖劍真正的力量不只如此吧！」

「等著瞧吧。」

一秒、兩秒，魔劍放射的魔力仍未斷絕。

聖劍確實發揮了堅實護盾的功效，然而強大魔力光的壓力，卻也定住了劍兵的動作。於是魔法師迅速調動空中四種大型元素，射向騎士進行追擊。即使是第一階使役者，擁有最強反魔力技能的劍兵，同時遭受由純粹魔力轉換而成的超高溫火焰、極真空、金剛石塊與高壓水團等神祕的物理攻擊，他也不見得撐得住。

奉虛假肉體現界的英靈。

即使能耐遠超過現代兵器或物理法則，但終究並非堅不可摧。

凡具有形體者，就能破壞。

只要能突破聖劍的防護予以痛擊——

「你所犯的惡，與同樣顯現為英靈的我相當，也與我同罪。」

於此同時。

聖劍，一閃。

星光，一閃。

「因此，這不過是場私鬥。」

光——

撕裂了光。

聖劍劃出的光弧，絢爛地斬斷魔劍釋放的光芒。

勢不可擋的魔力。

超乎常理的威力。

此刻仍未解放真名的聖劍只是一揮，就完全覆滅魔劍解放真名而放射的魔力。不僅如此，還是一記精準的反擊，在魔法師使用魔劍，而完全卸下防備時射向靈核！

不須解放真名的常態攻擊，竟有這等必殺威力。

「……這就是星光嗎。」

魔法師表情扭曲，發出喜悅的低吟。

他就是在等這個。

馮・霍恩海姆・帕拉賽爾蘇斯的寶具元素師魔劍——構成其劍身的結晶體「賢者之石」所積存的高密度魔力，不過是副作用。以據稱是人間不可能存在的光子結晶所構成的靈子演算器能力，才是魔劍真正的力量。

那將帶來超大規模的並行演算能力！

即時啟動大規模儀式魔術層級的神祕！

這與當初用來暫時癱瘓籠罩騎兵複合神殿體的神域詛咒時，所使用的碎片大致是基於相同原理。它能分析敵人釋放的魔力性質並找出對策，瞬時侵蝕其力量並納為己有，是無法抵抗的強取豪奪！

「劍兵，你的光，我就收下了。」

哪怕是星之聖劍的神威一斬，也要吸收、吞噬！

這強制執行的術式，是模仿於過去沐浴在「萬能之人」美稱的科學家、魔術師兼偉大博學者的超絕奇技，同時也是足以達成以弱剋強（Giant-killing）的終極底牌。

即使靈核粉碎，也要在這裡阻止劍兵。

這就是魔法師最後的企圖，距離完成只剩兩秒不到。

「連我也無法戰勝的人！憑什麼斬斷大聖杯的罪惡！」

「不，到此為止。」

短短一言。

那是道義上的慈悲——

還是對邪惡走狗的明確宣判？

聖劍，再閃。

光輝略增。

霎時，四種大型元素粉碎爆散。

幾乎同時，魔法師的右臂，也連同寶具魔劍無聲無息地消失。

「…………！」

是靈子演算器出錯了？

還是術式有任何不備？

都不是。解析魔術用的大魔術依然安在，仍持續在攝食魔力，單純只是吸收不完。那龐大、絕大，極度過剩的魔力量使刻於通道的魔法陣失控、崩潰。聖劍的斬擊化為源源不絕的光之怒濤，輕易斬破、衝開帕拉賽爾蘇斯的防禦結界，將他吞噬。

光、光、光。

絢爛得有如來自星辰的一滴希望。

何其璀璨眩目，彷彿尊貴二字的具現形象。

「——啊，太美了——」

魔法師甚至沒有去餘力感受那壓倒性的熱能。

只能以雙眼全神凝視，那曾在神話時代閃耀的星光——

「美沙夜，這就是星之——」

閃光滿溢。

流洩出張開雙唇之間的聲音，也在途中消散。

緊接在所有結界遭到刨除後，魔法師的髮膚連同衣物都燒成焦炭，魔力充盈的眼球頓時沸騰，肌肉纖維與內臟也瞬間爆裂。最後，應該經過強化的全身骨骼也碳化、崩解。所有變化，都發生在不到零點一秒的瞬息之間。

此時此地，術之英靈不堪一擊地從人間消失。

不留一顆粒子，全無殘跡。

「很抱歉，沒能讓你見到聖劍真正的光輝。」

這句話沒有得到任何答覆。

直達地下大聖杯的通道，再次恢復黑暗與寂靜。

他真是個奇人。

這就是我們處理這次問題的感想。

雖然稱不上是名門中的名門，他仍是出生在血脈顯赫的家系，又是在鍊金術功績彪炳的人物，對自己的研究非常認真，在教育方面也有一流實蹟，所以在鐘塔仍有容身之地。然而他仍無視於再三勸阻，私自出版了《Archidoxen》等學術書籍。

聲稱為了天下蒼生、人類社會——

成為以醫療發展為名目，將應該隱蔽的多項神祕混入著作的洩密者。

不僅有望留名人類史，也是因為確立鍊金術魔術基礎，而在魔術世界締造重大功績的偉人。然而，他同時也是犯下背叛大罪的「愚者」。

這就是馮．霍恩海姆．帕拉賽爾蘇斯。

從鐘塔所見，不滿足於精熟家系魔術，而嘗試多方修習的魔術師儘管算不上普遍，但也不至於會完全被視為異端。然而可預期的是，他想要的不只是洩密。

我們無法完全究明他的意圖。

從工坊徹底搜來的資料，每樣都是他的魔術研究，也就是堆積如山的實驗紀錄與主要用於鍊金術的觸媒，以及準備結集出書的原稿、草稿等。找不到任何與魔術協會以外神祕有關的祕密結社之影，也沒有他與權力人士共謀的跡證。

另外，即使處理後立刻以降靈術問供，卻也屢試未果。

帕拉賽爾蘇斯的亡魂總是一貫保持緘默，可能是早料到我們會處理或襲擊，而對降靈術做了相關防範措施。

「我等你們很久了。」

處理當天，這就是他見到我們的第一句話。

面對一身抗魔術師裝備的我們，他不慌不忙，表情既無焦慮也無懼怕地說出那句話。甚至還對我們這些深夜的不速之客招呼了幾句。

也難怪處理任務較資淺者會覺得能透過溝通來相互理解。我個人是曾經遇過成為處理對象的魔術師佯裝鎮定想趁機偷襲，但真正保持平靜且與我們對話的人，還是首次遇見。

「我絕不會反抗。在這裡反抗，必然會傷害到你們，這有違我的原則。」

我們的行動已是既定事項。

所以，你這是要伸出脖子給我們砍嗎？

當時我這麼問，而他的回答是——

「對，你就砍吧。」

為什麼？

選擇死亡對你沒有任何好處吧？

「你們也都是我可愛的孩子，我無法傷害你們。」

他的確是個奇人。

也是個反覆以言語自虐的求道者，甚至認為自己是滿口抱負卻半途身亡，一事無成的夢想家。經過五分二十秒的對話，我們最後按照預定處理，完成任務。

他的遺言——

「你們幾個，回到自己的家以後，

請好好疼愛你們孩子。就算是鄰人的孩子也無妨。我所追求的光輝就在那裡。」

就是這麼一席話。

（摘自鐘塔一五四一年九月某日之紀錄）

第一個。

固執地反覆襲擊玲瓏館宅邸的狂戰士。

被騎兵的飛天船澆注的光融化，消失無蹤的一騎。

他那個少年主人，也幾乎同時死去了吧？

第二個。

溫柔善良的大英雄，眼光卓越的弓兵。

遵照艾爾莎的命令使用寶具，自己死去的一騎。

艾爾莎，妳也別哭了吧。

第三個。

好強好可怕，來自沙漠的法老，騎兵。

受到他的聖劍和弓兵的箭聯擊，才終於死去的一騎。

伊勢三那些人都殺光了，只留下一個吧。

第四個。

喝太多藥，腦袋變得有點奇怪的槍兵。

雖然靈魂也快壞了，也還是乖乖讓他殺掉的一騎。

原本有兩騎份量的靈魂只剩一半，真可惜。

奈吉爾先生最後好像也怪怪的。

第五個。

平常總是跟著我跑來跑去的可愛刺客。

剛才好像耍了一下任性？但還是將性命奉上的一騎。

第六個。

到最後都服從我，為我做事的魔法師。

蒐集到好多女孩（小東西）之後，在他的光輝中消失的一騎。

為了聖杯戰爭，而聚集於一九九一年的六騎英靈之魂。

你們真的都辛苦了。

謝謝你們難得能獲得人格而現界，卻都得任我操縱。到這裡，你們的戲分全部結束了。

雖然事情比我想像中繁複了一點，但還是感謝你們的死去。

謝謝你們把靈魂獻給聖杯。

多虧你們，我才能照計畫累積六騎份量的魔力。

願望就快實現了。

獻出劍兵就本末倒置了，所以用其他靈魂代替，所幸這樣也行。魔法師和刺客蒐集到的微小靈魂，正一點一滴、連續不斷地注入大聖杯口中——

你看。

又有一個女孩掉進那黑漆漆的孩子嘴裡。

再一個。一個接一個。蒐集到的祭品還有很多很多。

她們就這些落入用這世界的混沌燉出的湯裡，然後融化不見。跟六騎英靈那種大餐相比雖然很寒酸，但她們還是會成為牠的養分。

要吃飽飽喔？

不可以挑嘴喔？

看，我還特地帶了一個小小的靈魂給你呢。

「只是個一無是處的凡人，儘管吃掉吧。」

睡得很香吧？

她有名字喔。

叫沙条綾香。對，沒錯。跟我很像吧。只有名字。

這孩子，是我唯一的妹妹。

她出生的情境，我也記得很清楚。

她怎麼笑。

怎麼哭。

喜歡什麼、討厭什麼，我全都知道。

也知道她昨晚見了誰。

——對。對。當然。她是你最後的養分喔。

# **Knight of Fate** ACT-Final

從前某個地方——
有一個小女孩。

她是真理的化身，無所不能。
想要生命，一個念頭就能創造生命。
想要死亡，一聲低語就能散布死亡。
世界與她相繫，也說不定是她與世界相繫。

她就是如此全能。

沒有做不到的事。能夠操控並完成一切，也能摧毀一切。這樣的能力讓她做什麼都得不到樂趣，所以給自己的全能下了一條規定。
那就是「不能預視自己的未來」。
等同這世界本身的她，給自己設下限制。

規定。限制。枷鎖。若不這麼做，全能實在無聊到極點，做人根本沒意義，生命活動也無法持續，遲早會去尋死。

就結果來看，她是做了正確的決定吧。

至少她現在每天睡覺醒來，可以睜開眼睛呼吸，從窗口仰望天空，聆聽小鳥歌唱，用清澈的視線看父親，也能聽從父親的要求，運用魔術辦到各種事。儘管見到剛出生的妹妹，不會像父母那樣流淚，但還是會像其他人一樣，用手指戳戳她的小臉，感受那份柔軟。

雖然她對那所有的一切——都沒有任何感覺。

卻仍然勉強活下來了。

可是，也只是活著。

滴、答、滴、答，每當秒針轉動一格。

滴、答、滴、答，每當今天變成明天。

她的精神都是完全停滯。

能看穿、擁有、理解一切所導致的存在方式，就像是自己和世界融合。那是無我的極致，如同注視著純白煉獄登上王位，沒錯，性質可說是近乎女神吧。是一種極度難以為人的狀態。

這樣的她，就只能過行屍走肉般的生活。

「可是，沒關係。這樣就好。」

她並不在意。

即使活得像個死人。

即使死得像個活人。

絲毫感覺不到痛、苦、悲，過一天算一天。

因為她心中有個期待。

那是她對自己套上枷鎖前，所預知的「未來」。

那是當世界仍是世界，就必將到訪的「結果」。

——參加聖杯戰爭，成為主人時，我會墜入情網——

對，沒錯。就是這樣。

說穿了，她就是在發現自己將「墜入情網」的那一刻，放棄偷看自己的未來。即使她能預知命運、開拓明天，操弄世界與時間的絲線編篡事象，自行選擇未來，隨心所欲決定任何可能，過她的每一天。

但她不那麼做。

只是面帶微笑，毫不猶豫地閉上了觀看未來的眼。

——為什麼？

因為我想體驗心跳為戀愛加速的感覺——

不久，命運的時刻來臨。

主動揹上枷鎖的幾年後，西元一九九一年二月某日。

她終於迎接邂逅真命天子的那一天。

「心跳真的會加速嗎？」

雖然這一天她等了很久。

事實上，她的期待卻不怎麼大。

「我已經知道自己會戀愛了，所以來的只會是我的理想、我聽說過、不會背叛我未來的人吧。」

相反地，在英靈召喚儀式開始前，她非常落寞。

因為世界依然是她的囊中物。

即使對預知能力下了限制，周遭的一切仍舊是她無所不知的煩悶之海，不會給她任何驚奇、喜悅或雀躍，明明這天讓她等了那麼久，卻無法心懷期待。

世界每個角落，都是看膩的盆景。

狹小到只要她有心，哪個角落都搆得著。

雖說是墜入情網，不過那一定……就跟至今每件事都一樣，只會是不帶溫度的現實，完全不會有別人那些感覺。

她是這麼想的。

近乎確信地不抱希望。

可是。

「我問妳……」

在那天出現的英靈——

「妳就是我的主人嗎？」

卻完全顛覆了她的想法。

出乎意料。既然是會用龍或熊比喻的英靈，還以為體格會更壯碩。

並非理想。若可以挑，希望是個表情更精悍的男人。

不一樣！不一樣！不一樣！

就連他滾滾而出的魔力性質，都沒有一處符合她的想像。

每個地方都是那麼地不同，讓她無疑地感到驚奇、喜悅、雀躍。

接著，她真的——一見鍾情。

正直，尊貴，溫柔。
他的笑臉，如晨光般和煦燦爛。
是個崇尚善良，相信正義的溫柔男子。
不喜爭執，拿起劍來卻比任何人都強悍。
那光芒四射的劍，能消滅世上任何奸邪，任何暴惡。
童話故事的王子？
不，他是王。不是別人，正是生平化為傳說，傳遍世界的古老不列顛王。即使沒有真正刻於英靈座，仍是魔術師為挑戰聖杯戰爭而召喚為使役者的英雄，最強及最佳的——星之聖劍使。受攜至東京的聖杯威能，及召喚英靈的大魔術而成功現界，一身蒼銀的騎士王。
使役者位階第一，劍之英靈（劍兵）。

真名為亞瑟・潘德拉岡。

他正是她過去、現在、未來，全世界獨一無二的真命天子。

到這一刻，她才認識到所謂的自己。

生如亡靈而恍惚不定的精神，只有模糊喜惡的類感情意識霎時消失，隱藏至今的真正自我終於顯現，獲得真正的喜好。

成為燃燒生命奮力生存的人。

成為嘗過初戀之火的真正女孩。

——我愛他。

——他就是我的一切，其他什麼都不要。

——只要有他在，我就會像這樣永遠沉溺在戀愛裡吧。

邂逅他以前，她不過是個「具備女孩機能的神祇」。

知道何謂戀愛後，她成了「具備神祇機能的女孩」。

或許會有人說，神凋落人間。

但也可能有人認為，神降臨人間。

能斷言何者正確的人，並不存在於這世上吧。

「很高興認識你，劍兵。」

無論如何。

「我一定會實現你的願望。」

沙条愛歌就此真正降生於這個世界。

那東西出生時的事，我還記得很清楚。

畢竟那是我第一個孩子。對我妻子也是。

假如魔術師真正重視自己長久累積而來的家系，自然有必要關切孩子有無魔術迴路，性質如何等。就這方面而言我或許是個失敗者。因為我和妻子最先關注的是她的健康狀況。

是否活著？

小小的心臟有沒有跳動？肺呢？脈搏、血流、神經是否正常運作？

是不是平安出生了？

聽見她唇間流出細小得難以稱為產聲的呼吸聲時，我很不爭氣地哭了，妻子也是。修習世人所不知的神祕，畢生探求萬物窮極之理、大願根源的我，在那一刻只是極為平凡的人父──淪落成會為新家庭成員的誕生情緒激動的人類。

現在想想，那或許是妻子對我的影響在那段時間表現得特別顯著的緣故。

我的妻子是來自血脈久遠的異國魔術師家系，不過對探究真理不那麼執著，做起家事比家傳的古黑魔術更得心應手，根本是個家庭主婦。尤其對烹飪特別講究，光是蛋煎單面或雙面的差別，就能耗掉一整個下午茶時間。

當時的我，是個不完整的魔術師。

而我用這部分換來了什麼……這裡就不多提了。時間不夠。

總之，我得到了第一個孩子。長女。

愛歌，我的女兒。

即使這個女兒沒什麼表情，也幾乎看不出感情，像個人偶，我和妻子還是很疼她。不斷和她說話，摸摸她臉頰，勾勾她的手指，把想得到的一切都用具體行動傾注給她。即使其他魔術師可能說她像個活死人，我也絲毫不那麼想。

就算她有能看透一切的眼，具有卓越魔術天賦。

她也是我們有如為愛而歌的美麗女兒。對我和妻子來說，愛歌只是必須呵護的女兒。

沒幾年，妻子懷了次女。

可能是懷孕對從小就身子就虛的她負擔很重，或者是像咒術醫說的那樣，長女出生以後，她身上的某種護佑就消失了，導致她的死亡。即使對身體不放心，她還是執意要生。直到現在，我還是無法斷定自己該怎麼做才對。她不顧我的反對生下次女後，身體一天比一天衰弱，就這麼走了。儘管原因不會只有一個，我還是認為產子是害她走得那麼早的主因。

當然，我愛護次女仍然像對愛歌一樣。

妻子也是。她幾乎把剩下的時間，都用於對次女的疼愛。為了魔術師才能遠不及長女的次女，用盡她所有生命，在家裡留下一個小小的庭園——照她的說法，是魔女的植物園。

次女開朗甜美的微笑，和妻子很像。

純潔的視線，在世上所見之處織出美麗紋綾；抱起她，有如妻子的淡淡香氣便撲鼻而來。這就是我第二個女兒，綾香。

長女跟次女都是我與妻子曾經心靈相通，互相依偎的證明。

如果要我在她們之間做選擇，我實在做不到。

……現在寫得再好聽也沒用。妻子死後，我很快就找回身為魔術師的自己，每天埋首於魔術研究與實踐，也就是只提供最底限的父親功能。有親戚說我終於恢復正常，我才明白就某方面而言，可說是我和妻子的感情讓我瘋了。

結果就是，我沒能給綾香足夠的溫暖。

至於愛歌，我連她有沒有感受冷暖的能力都不曉得——

對，愛歌。

進入正題吧。

愛歌自從成為主人，參加在此地——也就是東京所執行的聖杯戰爭，並召喚出劍兵的那一刻起，發生了明確的變質。她不再像個人偶，舉手投足都是那個年紀的少女應有的樣子。這十幾天以來，那東西經常露出我也明白的表情。

妻子也會那樣臉紅。

對，那應該是女人戀愛時的表情。

我該為劍兵使愛歌的人性出現成長，而向他道謝嗎？若不是聖杯戰爭，假如劍兵沒有現界，我絕不會有機會讓那東西露出笑容。就算那會讓多麼恐怖的東西誕生在這個世界。

唉，反話就說到這裡。

前幾天，劍兵給了擔心綾香未來安危的我一件聖遺物，並且現在也仍幫助著我。我始終相信，在聖杯戰爭裡能視為自己人的只有同一家系者，想不到在這緊要關頭，卻得依靠使役者的力量。

我已經找到地下大聖杯的位置了。從執行儀式所需的魔力規模與容量來考量，找起來其實沒那麼困難。愛歌與刺客從伊勢三家奪來的都心地下調查資料，也幫了大忙。

我非去不可。

我，必須親眼看見愛歌——我的女兒想變成什麼。

我，必須救出綾香——我的女兒。

只因我是魔術師。

受妻子託付兩個女兒的丈夫。

以及一個父親。

（摘自某冊陳舊筆記）

有黑暗存在。

那是在實與虛的夾縫間搖晃脈動，大張巨顎的暴食巨物。

以東京地下大聖杯為外殼。

懷藏龐大至極的魔力。

在無光地底的立體魔法陣中，與絕望為伍，不停蠢動的肉泥。

目前，連一顆頭都還沒長出。前四盤飯早已吃完，剩下三盤中的兩盤也在不久前送上，只要再吃下擁有第七盤的第七個僕從，第七騎英靈的靈魂，要長多少顆頭都可以，但現在只能忍耐。再多吃一點為了取代第七騎而送來的無數祭品，仔細嚼碎吞下，就能長出七個有十根大角的頭吧。

所以，沒有眼球也沒有頭的無相肉海，現在只能望向上方。

看著慈母歸來。

對，沒錯。慈母，牠的母親。

在地下蠢動的肉團並不認為牠的創造主是全能天父，會總是對牠微笑，溫柔地看著牠的人，自然是母親。外觀像個年輕少女，每次返回地下都會帶來新的祭品。那燦爛絢麗的全能少女，就是牠的母親。

即使蠢動的黑暗肉塊沒有腦，也沒有掌管思考的替代器官，更不可能有，牠仍歡喜地顫抖。雖然牠的意識不可能直接以言語替換，但若要描述，就是這種感覺了——妳回來啦，媽媽。我很乖喔，在妳不在的時候撕碎了很多祭品，吃光她們的靈魂喔。我吃了好多好多好多，誇獎我吧，媽媽——

「乖孩子。」

成為牠母親的少女，從絕望的崖邊現身。

高高在上，與地底深處蠢洞的肉塊有很長一段距離，但少女耳語般的聲音仍能清楚傳達，毋庸置疑。少女比妖精歌唱更纖細的音色，嬌柔及夢幻的具體形象，沒有聽覺與視覺的無相肉塊都能感受得到。

少女似乎還帶了另一個人。

非常地小。

體型比從斷崖自動跳下地底的祭品小得多。從外觀來看，應該是人類吧。啊，她帶的是小孩。沒吃過小孩的黑色肉海體表，期待地開始晃動。即使不像生物擁有味覺，牠仍能分解無形的靈魂，代換為自己的構成要素。此刻的獨特感觸，算起來是歸於喜歡的那一邊。

擁有純潔靈魂的孩子，或許特別有攝食、吸收的價值。

但不是在她清醒的時候吃，實在很可惜——

「姊姊……？」

有別的聲音。孩子正好醒來了嗎。

並無不妥。之前有人說恐懼過度膨脹的靈魂不適合餵食，但那不過是藉以滿足某種缺憾的自欺之語。事實上，恐懼反而對這搖晃脈動的肉塊完整發育，具有極大幫助。

「……怎、麼了……？這裡是……哪裡……？」

孩子一時無法理解狀況。

為什麼她最崇拜的姊姊，會抓領子拉著她走？

這陌生的廣大空間是什麼地方？散發著強大魔力，汙濁至極的黑色暗影又是什麼？

還有，斷崖邊排成一長串的女性是什麼人？孩子不會知道她們就是這幾天都市裡甚囂塵上的大量少女失蹤案受害者，也是姊姊的手下從東京各處擄來的祭品。她們雖有意識卻連一根手指都無法動彈，淚水從空洞眼眸中不斷滴落的模樣，在孩子眼中就像是場惡夢吧。

「咿……」

瞬時注滿腦髓的混亂竄遍孩子全身，化為恐懼侵蝕意識。背脊如搖擺般顫抖，牙齒喀噠喀噠不規則顫響。即使眨眼次數突然暴增，她還是睜開眼睛，用清澄的雙眸注視祭品，淚水在眼眶裡打轉。

「不要、不要，怎麼了……好可怕喔，姊姊……！」

妹妹——

孩子的聲音，讓肉海在地底猛然一震。

是因為牠喜歡弱小人類的恐懼、疑惑、顫抖，還是——

「綾香，不可以任性喔。」

少女保持微笑，站定不動。

才一放開孩子的衣服，纖白的手指就指向前方。

一言不發地對祭品下指示，要她們前進。

祭品也開始向前走。

一步又一步走向斷崖。

接著，當然是從頭一個個墜落。

「……！」

一個、兩個。三、四、五、六——

死亡行進重新開始。

接連不斷。十五至十八、九歲的少女們臉上布滿絕望與灰心的淚水，連喊救命都辦不到，就這麼投入黑暗。這就是自動自殺機，術之英靈（魔法師）流著血淚叫喊的大惡之形。對於在地底蠢動的暗黑肉海而言，那是效率極高的組成材料供應線。

此處所有人一律平等，沒有例外。

這些誕生、成長於人間，細皮嫩肉的人類女孩，牠都會平等咬碎。

女孩落入那不定形肉塊黑色的混沌之顎後，不僅是肉體，連靈魂都會被牠咀嚼。

「大家都要乖乖排隊，就只有妳例外喔。」

在孩子耳畔。

少女不知何時蹲了下來，對她輕聲低語。

就像打算瞞著父親，和妹妹一起偷吃糖的戲謔語氣。

「妳就直接跳下去當牠的成分吧，因為妳——一點都不特別嘛？那就只能丟下去啦。凡人就只有那一點利用價值。」

好明朗的語調。

讓孩子想起了兩週前的事。

那天早上，姊姊在滿窗朝陽中做出大量英國菜餚並轉圈跳舞，快樂地談論戀愛時的身影與言語。她很想理解姊姊為什麼要殺死這麼多不認識的女生，為什麼要她跳下去，但這願望不會實現。

為什麼？為什麼？為什麼？為什麼？

孩子的思緒開始扭曲、擰轉，軋軋作響。

肉海察覺人類精神在發狂邊緣的獨特脆弱感觸，貪求祭品掉落而蠢動。

「不……要……」

眼淚潸然流下。

孩子的嘴張得好大好大。

「不要————————……！」

哀號，慘叫。

但少女完全不在乎，粗魯地抓起孩子的頭髮——

「真任性。妳真是個任性的孩子。平凡得無藥可救還敢這樣。」

再次將她拖向斷崖邊緣。

殘忍無情。就連嘴角，也沒顯露過絲毫感情。

——偉大之人啊，您果然是我的母親——

有誰會感受到近似喜悅的情緒，會填滿整個地下空間？

無眼無耳無鼻無舌的肉海別說是五體，就連能產生意識的類腦器官都沒有，卻擁有無限接近智慧生物思想的意念，藉由躍動每個細胞表達喜悅。這一刻，牠感動至極。原本還膚淺地懷疑這個試圖打破名為聖杯的蛋殼，讓牠降生的全能少女不過是人類的亞種，見到她怎麼待人之後就完全改觀了。

那是因為，這少女對血親不抱任何感情。

真的完全沒有。

就拿她對這個孩子，她妹妹的反應來說吧。

絲毫見不到對血親的關愛。不覺得可笑，也沒有惡意。與見到這森羅萬象的一切沒有任何不同。

天空、大地、草木、花朵、動物、昆蟲、人類還是家人。

全都一樣，無力且虛幻。

全都一樣，渺小且空泛。

全都一樣，只是產生具體形象的無價值物。

全都一樣，無關緊要。

對少女而言，這世上只有一個東西有價值。

若說整個世界都是無色，那就只有這個身披蒼藍與白銀的騎士擁有色彩，具有唯一的價值。其他全都是無色，薄弱得幾乎透明，存在於每個角落卻不具質量，與不存在無異。

無論聖杯還是奇蹟。

就連即將自彼端漣漪所誕生的這團黑暗也是！

——偉大的巴比倫——

——您正是那虛榮與頹廢的再臨，所有妖婦與人間可憎之物的共母——

「愛歌，妳在做什麼……！」

有男性的聲音響起。

並非偶然，應是必然。

試圖以言語制止少女的人，不是來自魔術協會或聖堂教會，也不是別人，正是少女的父親沙条廣樹。面對女兒現在進行式的行凶，他能夠不茫然也不震愕，義正詞嚴地指責少女，只能說需要極大的膽量。

不是因為魔術訓練所培養的意志力。

該說是父親的力量嗎。

「這沒什麼，聖杯就是要這樣用啊，爸爸。」

少女放開嚎啕大哭的妹妹，悠然轉向剛現身的父親。

就像女兒不服父親管教，且有條不紊地反駁。

「咦？你該不會是真的相信聖杯會實現願望那種無憑無據的故事吧？」

「我不是相信，因為那就是事實。」父親握緊拳頭說：「聖杯是聯繫人與根源的橋梁，是我們魔術師的千年悲願，也是未來千年的希望！我不會讓妳——為了私慾這樣用它！」

爆炸聲。

生命破碎的聲響。

在地底晃動的肉海觀察父女對峙之餘，察覺斷崖上發生魔力爆炸。那是黑魔術的咒殺，不須唸咒的單動魔術。也許需要事先進行魔術儀式，或是禮裝或魔術刻印吧。他確實將能引爆目標內臟的力量，暗中埋入少女體內。

那麼少女死了嗎？

不，當然沒死。她完全抵擋了咒殺的魔力。

因心臟等複數臟器爆炸而死的，是流著眼淚走向崖邊的一名祭品。可能是遭到迸散的魔力波及。就當成運氣不好，被流彈射中也無妨。

少女完全沒有施放魔術與之對抗的動靜，只是站在那裡。

那股壓倒性的力量，彷彿被飛彈打下來也不怕。

「……怎麼會？」

「什麼根源的橋梁啊，少無聊了好不好，爸爸。因為——」

這時，父親看見少女的眼睛了吧。

見到應該與妻子的藍色眼珠相近的那對眼眸中，藏了什麼。

那是宇宙的深淵。

無限的黑暗與璀璨星辰。

那正是偉大的母親、怪物公主、根源之女！

「我從出生起，就跟那種地方連在一起了。」

少女的宣告成為信號。

轉瞬間，地底伸出的黑色「手臂」化為高密度肉塊的奔流，連同斷崖的一部分壓碎了沙条廣樹。雖然牽連了幾個祭品，不過她們遲早都會被肉塊吃掉，無所謂。許多人的肉一起迸裂、潰散，骨骼也為之粉碎。地底傳來的觸感，鮮明地述說了這一切。

牠沒有任何感慨。

除了之前的稀有案例外，依然在大聖杯這個軀殼中，在地底搖晃的黑暗不具意識，也沒有能以人語表現的思想。

就只是不停地吃。

聽從成為其母親的少女所言，靜待嶄露於世界的瞬間。

「……爸……爸……？」

嚇呆的綾香張大了嘴。

呵呵，這反應像小動物一樣，好可愛。

——讓人想多看一會兒，可是不行。

——到此為止。

「姊姊，為什麼？」

綾香像是將聲音擠出喉嚨似地問道。

真勇敢。因為爸爸死了才這樣？

還是因為對方是我？

「綾香，因為妳除了當牠的成分之外，沒有任何價值啊。」

再見了。

生來給沙条愛歌當作妹妹的人。

和沙条愛歌有同樣顏色的眼睛，很黏我的小小綾香。

我不是說過了？

不要見面應該對妳比較好。

……不行，已經太遲了。

誰教妳要接近我命中註定的那個人。

而且還跟他說話。

說也奇怪——我覺得怎麼樣都不能放過妳。

要賦予沒有價值的妳一點價值。

很開心吧，綾香？

這是讓妳為他付出生命，妳還應該感謝我呢——

「再見啦，綾香。」

就這樣，我向她告別了。

那孩子又抬起剛搗碎爸爸的手，這次往綾香伸去。

馬上就結束了。

要是會痛，那就抱歉嘍？

——隨後。

——暗紅噴濺。

伴著他的氣息。
我心愛的心愛的聖劍騎士王的呼吸、心跳、緊張、決意。懷藏覺悟。
濕黏的聲音。
刺破肉體的聲音。
貫穿心臟的聲音。

——黃金之刃，垂直刺出我胸口令咒的黑翼圖紋——

「咦？」
那就是我最愛的他，送給我的第一份禮物。
作夢也想不到。
伴隨無可奈何的痛。
以及無可奈何的苦。
你竟然會從背後刺穿我。

「劍兵，你為什麼用劍刺我？」

你真壞。亞瑟，為何什麼也不說就刺了我？

不，不是這樣。亞瑟，其實你有說話，可是我聽不見。

可以感到空氣的振動。

然而，他的聲音卻進不了我耳裡。

「……好痛，好痛。好痛啊，劍兵，真的好痛。

對不起，我痛到、聽不見你在、說什麼、了。」

我好難過，好難過。

好痛。瞧，眼睛都看不見了，只感覺到痛。啊啊——

「我要死了吧？」

好難過，好難過。

竟然，再也看不見，你的臉了。

過去，現在，未來。

在任何世界中也獨一無二，讓我全心全意付出的你。

幾乎將我塑造成人類女孩的，我的一切。
我所朝思暮想，魂縈夢牽的你。

想不到，會這樣突然就結束了。
還以為永遠不會結束。
可是，至少。
對，至少。

在最後，讓你見到的表情……
必須是……
笑容……

『──我愛你，劍兵。』

視野變暗。

意識渙散。

這是當然。從背後刺殺主人，等於是自斷魔力來源。

他──

劍兵只有煙消雲散的下場。即使自身肉體保有超絕魔力，擁有另稱爐心的龍之心臟，愛歌仍是維持他顯現於現代的關鍵。失去了她，幾乎不可能繼續留在西元一九九一年的東京。

即使還有未竟之志。

想留下來行應為之事，也無法實現。

先手刃沙条愛歌，想必是個痛苦的抉擇。若以效率為優先，是該揮斬黃金聖劍，將愛歌連同沉睡在地下大聖杯內的東西一起殲滅。可是他沒有那麼做，選擇拯救成為自動自殺機，一個個跳下斷崖的祭品少女，以及眼看就要被丟進地底的沙条綾香。

於是，愛歌死了。

身穿翠綠色洋裝的少女取代了妹妹，被黑暗深淵吞噬。

但接下來的變化，劍兵無法預測。

祭品這樣就得救了嗎？她們能找回遭奪的意識和心智，一個不缺地毫不猶豫逃回地面？

必須守護的孩子——

救贖了他這聖劍背負者的沙条綾香。

看似昏厥的她，還能平安醒來嗎？

無法推斷。從殺了愛歌那一刻之後的每件事，怎樣都無法預測。

儘管還有一點點發動那招式的可能，但他留在現代的肉體似乎已開始階段性地消滅，而且眼睛已經張不開了。意識已在彼方，沒有恢復的跡象。現在只能在非睡非夢的恍惚半醒狀態中，依照世界的指示前往下一個地點。

在無法維持明確意識的時空間夾縫中，劍兵不斷祈求。

拜託，拯救西元一九九一年的東京，保護那孩子吧。

對象是誰？是散發黑暗的聖杯，還是綻放真主威勢的聖杯？

（……等等。）

救贖之國就在此地。

就贖之日就在此刻。

亞瑟．潘德拉岡，有此感動而立下新誓約之人，不就是你自己嗎？

（我發過誓會保護妳，沙条綾香。）

「那麼，我可不能就此放棄。」

第一聲，是來自陌生男性。

嘗試凝聚逐漸喪失人格整體性的意識時，不知為何，有個影像浮現在劍兵腦海裡，是手拿眼鏡的金髮男子。從服裝來看，可能是二十世紀現代或十九世紀的人物——

「你正在墜落，肉體的部分。你將自己的主人推進地底後，自己也掉下去了。你所墜落的方向，就是我們的靈魂融合之地。」

「哦，原來你是這麼想的啊？」

不會錯。

伴著第二聲出現在那裡的不是別人，無疑是弓之英靈（弓兵）。

在東京灣上神殿決戰殞命的男子，以流星一條貫穿神王，與劍兵協力拯救東京眾生的東方大英雄。展現一如傳說、傳奇的慷慨浩氣而死，沒錯，業已失去使役者虛假生命的英靈。

（那麼，這是幻覺？）

「對啊，是幻覺或夢境吧。」

「等等，弓兵，我不贊同你這個想法。這種稀有的心理現象，不也可能是種集體潛意識的表現？我自己就是證據。他沒見過這型態的我，但我仍出現在這裡，因此不能斷定這是夢境。」

「原來也有會講理論的狂戰士啊。」

弓兵聳聳肩。

接著，向劍兵直視而來。

「言歸正傳。劍兵，你老兄不會在這裡放棄吧？」

那是非常明確的激勵。

與他奮戰、反抗到最後一刻的波斯弓兵試圖鼓舞劍兵。

可是，他無法回答。

劍兵的意識現在不過是持續渙散的渣滓，沒有唇舌能夠回答。

「你要拯救世界。」

第三聲，伴著太陽的灼熱宏亮地響起。

周圍空間逐漸構成影像，形似黑色大鍋，亦如令人懷念的圓桌，而他就在彼端。劍兵不會認錯那對烈焰般的炯炯雙眸，驚訝得不禁睜大了眼。

那是騎之英靈（騎兵），他與弓兵協力擊斃的對手，強大的神王本人。

「余就承認了，正因余兼具神君與暴君兩種面貌，實在沒興趣拯救這醜陋又扭曲至極的世界。尤其這個時代過度追求繁華與物慾，恐怕還禁不起余盡情發揮力量呢。」

騎兵在黑色物體邊緣，表情不悅地雙臂交抱胸前說道：

「……所以勇者，這世界就交給你來救了。」

不是激勵，是命令。

但是，劍兵無法頷首。

在這個意識與肉體無法於現世正確結合的狀況下，想點頭也沒有頸子。

「齊格魯德……不，背負聖劍的劍兵啊，一切都拜託你了。」

第四聲。劍兵不會忘記那紫水晶的光輝。

槍之英靈（槍兵）手上的武器，比上次見面縮小了很多。她不再繼續說下去，只是從稍遠處默默注視那個黑色物體。在視線中所表達的意念，遠勝過千言萬語。將思念化為蒼炎的女神，早已在她喪命的那一刻道盡心中一切。

不能讓潛藏在大聖杯裡的東西——

降生到這個世界——

別讓世界——

（我都記得。妳的聲音一字不差地烙印在我的靈魂裡。）

劍兵在極力凝聚意識的碎片之餘如此思忖。

槍兵眼中隨之泛起一絲寂寥，但劍兵沒有喉嚨答話，也沒有舌頭，就連肺都尚未成形，吐不出氣。徒懷滿腔無奈。

「——」

「——」

待一回神，槍兵身旁多了兩道人影。

一個是氣質穩重，身形高瘦；一個羞怯躲藏，個頭嬌小。

是術之英靈（魔法師）與影之英靈（刺客）。兩人無聲無息，只是稍微點點頭。見到那一刻——使劍兵重新定義了自己。輪廓、形態、外表。由乙太虛構而成，英靈化作使役者而具備的四肢，開始出現稀薄的感覺。

離此已逝英靈重聚之處不遠。

劍兵的肉體，依然存在於地下大聖杯蠢動之地。

左手摟著某樣東西。

是小孩。昏迷不醒，像羽毛那麼輕的沙条綾香。

「而且呢，常言道，

身為騎士，就應該保護淑女吧？」

弓兵的聲音再次響起。

劍兵點了頭。

頷動無首之首，以無唇之唇快速回答。

沒錯。
謝謝。
以及──

咆哮的黑暗向世界張牙舞爪。
肉海沸騰。
食慾發狂。
混沌增殖。
絕望斷崖下數百公尺處的地底，以大聖杯為殼，對人類有異常欲求，即將誕生的巨大軀體，在失去牠認定為母親的少女那一刻長出數百張「唇」，一齊發出畸形的慘叫。怪聲化為侵蝕空間的魔力波，在大聖杯震出徐徐擴散的裂痕。那狂暴的行為，彷彿在宣告牠的沉睡、晃盪、等待就此結束。
呼喊著想出生的欲望。
獵食、獵食、誕生、進化、進化、獵食、進化、進化、獵食獵食獵食獵食！

大慾與暴食的化身，汝之名乃「獸」。

擦亮眼睛，看清楚自巨龍賦予寶座與權威的「獸」之威儀吧。

那是一度出現於遠古，即將爬出深淵之物。自漣漪彼方襲向城市，生為有權褻瀆萬物的世界之王，掌管虛榮與頹廢的現象。背載散布邪惡之女，從全世界招來無數日夜非難、侮蔑、辱罵他們的人，在黃金漩渦中央將其擁抱、融化、貪食，註定握有殺人權柄的第六獸。

增殖到無法計數的「唇」之中，有七張擴大、變形為擁有齒牙的「顎」。

雖然頭部尚未成形，但用不著多久，這些「顎」就會成長為「頭」。

屆時，「十頂支配之冠（Domina Coronam）」將現於人間。

倘若母親巴比倫依然存活，不同於聖杯的金杯應也會同時顯現，然而沙条愛歌的肉體遭聖劍貫穿後，已落入將蛻變為獸的黑暗肉海。無論她生來是如何全能，肉體與靈魂都必然遭到了靈子分解。

毀滅開始胎動。

不停嚎叫，準備侵攻人間。

一股壓迫感從地底湧向崖口，甚至使半徑達數百公尺的地下空間也令人覺得狹窄。時而宰殺祭品少女，時而讓她們半死不活，不停啜飲靈魂痛哭與絕望的邪惡、災厄之獸將要征服人間。儘管稍微偏離既定路線，牠仍會躍上這遠東之都，殘殺東京一千萬居民。

操弄事象的全能之女身亡後的現在，古不列顛已然救贖無望，人理奠基遭破壞的可能已經極低，然而——

該如何看待這狀況？

要為世界獲救而喝采？

要為東京覆滅而悲嘆？

笑吧。笑吧，愚昧的樞機主教。

你所期盼的高階神靈，並不會降臨在這座遠東都市！

看清楚，在地底深淵甦醒的是可怕的默示錄之獸，是占據大聖杯並逐漸實體化的巨大恐怖。帶來的不會是救贖，而是實現預言、聖經中那場緋紅巨獸的降臨。當聖堂教會的人得知消息，東京無疑已不留一點殘跡。

不過「獸」要那麼做，得先形成完全的軀體。

首先是頭。眼、口、舌、軀幹、四肢、尾巴。

必須重新構築為君臨人間的完整生命體。

心臟動了嗎？肺呢？脈搏、血流，形同魔術迴路的神經都正常運作嗎？

然後還得破殼而出。

『好想出生。』『好想出生。』『好想出生。』『好想出生。』『好想出生。』

『想吃好多好吃的東西。』

『好想吃。』『我還要、還要、還要吃。』

『好想出生。』

『好想出生。』

化為七張「顎」的「唇」，終於說出了人話。

那七組可憎的腦髓，會繼續以靈核為基礎紮實地建構下去嗎？

「……不行。」

在黑暗底層。

有人存在。

暗影的最深處，湊巧不為肉海所覆蓋的地方，有一名騎士。

「只有你，絕對不能降生此世。」

是光輝燦爛的騎士。

是肩負命運的劍士。

為斬斷侵蝕世界的黑暗，用盡最後力氣站起的男子。

該稱他為劍兵嗎？畢竟最後的主人已經不在了。

『好像很好吃。』『好像很好吃。』『好像很好吃。』『好像很好吃。』『好像很好吃。』

『好吃。』『好吃。』『好吃。』『好吃。』『好吃。』『好吃。』

『好想吃。』

『不要妨礙我。』

『你左手抱著的東西，好像很好吃。』

「獸」下意識地伸出觸手。

以英靈戰力來說，那直徑達十公尺的粗大肉腕，擁有等同對軍寶具一擊的魔力，伴隨凶悍的質量與速度要搗碎劍兵——不，連碰都碰不到。他一揮劍，就讓觸手在爆炸聲中崩散。

「獸」緊接著的第二、三、四、五乃至二十三擊，他也大致以同樣動作迎擊。到了後半十二擊，更是一掃便將之彈開。

「不，你休想。」

右手握持聖劍。

左手懷抱昏厥的綾香。

劍兵寸步不移地屹立原地。

他克服了折磨肉體的問題嗎？當然沒有。他不得不付出殺害主人的代價。若沒有單獨行動技能的幫助，便無法維持現界。他的肉體與靈核都逐漸化為光點，再能撐也不過幾十秒

吧。只用將要消失的右手持用原須雙手揮斬的聖劍，不知能發揮幾成力量。

儘管如此。

在完全消失之前。

他必須完成使命。

要在此刻，拯救東京——以及左臂中所擁抱的孩子。

「十三拘束解放（Seal Thirteen）！

圓桌議決開始（Decision start）！」

相傳，星之聖劍不是單憑一名英雄的意志就能使用。

為抵禦星外之敵而鑄，應為救世而揮動的最強之劍，以個人武裝而言太過強大，於是從前那個古老國度的騎士王與其麾下十二名騎士，為聖劍制定了嚴格律法並徹底執行。

那就是隱藏聖劍真正劍身的第二道劍鞘，十三拘束。

只有遭逢能同時達成多項榮耀與使命的狀況，才能解放聖劍。

而完全解放需要七人贊同。

即使騎士王與十二騎士已從人間逝去，這拘束也會永久有效。

倘若當代聖劍士有意解放聖劍，圓桌議決就會自動開始。

「此乃以弱抗強之戰。」——貝迪維爾，同意。
「此乃一對一之戰。」——帕拉米迪斯，同意。
「此非對精靈之戰。」——蘭斯洛特，同意。
「此乃征邪之戰。」——莫德雷德，同意。
「此乃無私之戰。」——加拉哈德，同意。

「最後，此乃救世之戰。」——亞瑟，同意。

力量的決定權，並不在持劍者手上。
聖劍中眾英雄靈魂的一部分，將會做出裁決。
決定持劍者在這一戰能否解放星之聖劍，為救世而生的神造兵器。
右手是聖劍之重。
左手是孩童之重。
相信兩者同樣可貴的劍兵，在獲得裁決的剎那揮起聖劍。
肉海伸出無數觸手抵抗，但為時已晚。

「命定的——勝利之劍（Excalibur）！」

聖劍六拘束解放！

很可惜，同意議決並未過半。

沒能達到完全的真名解放。

但聖劍依然放出光芒。蘊藏絕大威力的對城寶具，擊出金黃一斬。

即使是不完全的解放狀態，聖劍仍以驚天動地之力轟潰大敵。

觸手蒸散，黑暗肉海懼怕、顫抖，慘叫著瘋狂扭動！

繼東京灣上神殿決戰後，這是第二次不完全解放。第一次是五體完整的狀態，這次不知會有何結果。即使是肉體強韌的英靈，不以雙手持劍、雙腳踏穩大地，恐怕也難以駕馭。

倘若耐不住解放的反衝，還沒使出斬擊，劍兵就要粉身碎骨。

啊，看哪。蒼藍與白銀的甲冑出現裂縫，靈核也發出迸裂聲。

「……！」

那麼，到此為止了嗎？

命定的騎士會無法屠戮暗黑之獸，在此倒下，被聖劍的威能所殺？

不，不會有那種事。豈能有這種結局！

「消滅吧，可惡的『獸』。

你不該誕生於此，也不是現在！」

用右手就夠了。

凝聚七騎英靈的力量。

在無人目睹之處，奇蹟發生了。

七彩光芒。七騎英雄的右手，都牢牢握在那唯一的聖劍柄上。

或許那只是玻璃珠墜地般縱裂的劍兵右眼，在其視野中所刻劃的幻覺，但無論如何，他的肉體仍不偏不倚地水平揮動聖劍。

寶具的擬解放及發動，都確定成功了。

也觀察不出左手抱著的孩子，有受到任何不良影響。

——世界要得救了。

——即使左手為保護孩子而受限，命定的騎士仍完成誓言，揮出聖劍。

為除世間一切罪惡。
為抵世間一切貪慾。
為開拓世間萬物的明天。

——黃金劍身。
——終於在此刻放出璀璨星光，充斥地下空間每個角落。

幾秒後。
「獸」發出細細嗚咽。
彷彿嬰孩尋求母親的哭聲——

天可憐見，成不了大天使的「獸」對天慟哭——
也可以說，遭黑暗穹頂所掩蓋的牠，正朝向理應看不見的夜空星辰、對天上的父泣訴些什麼，但還是別這麼做吧。反過來說，我們是不是該將此一事件視為真主威勢的展現？——

不，這不是觀測結果，也不是有意引導樞機主教閣下的判斷，純粹是我個人的感想。

然而，這會不會太浪漫化了？

「獸」的下場有如雙手血腥的悲劇英雄，想找個慰藉般尋求母親的懷抱。

而牠的這個母親，居然還是遠遠稱不上聖女的大妖婦，這豈不是很浪漫嗎？

啊，抱歉。只是開個玩笑。

災厄之獸並沒有完全顯現。

目前東京也觀測不到任何聖都化的徵兆。

不得不說，聖杯戰爭這場魔術儀式是以失敗告終。最後留給我們的，只有各種善後處理的龐大麻煩與預算。尤其是如何隱蔽美國海軍一次少了那麼多艘船艦，讓人頭痛得不得了。最後好像是鐘塔那邊用盡全力擋下，可是欠那些頭腦迂腐的傢伙人情也很不是滋味。不，失禮了。就讓鐘塔法政科的好夥伴替我們好好賣力，讓我們學個幾招吧。

總之，第一次聖杯戰爭就此落幕。

進展得實在很不順利。

待第二次聖杯戰爭召開時，有必要進行更直接的掌控。

以上報告，即為我本次的監察心得。

附註：

最後一騎，立於大聖杯中的劍兵，是否真的阻止了災厄降臨？

在殷切盼望中現身的聖劍英雄，究竟有沒有拯救年幼的沙条綾香小姐，以及這醜陋至極的遠東城市與世界？

這個答案，我想——

至少能說。

世界逃過了在一九九一年迎接末日的劫數——就這樣。

（摘自聖堂騎士團之紀錄）

遙遠的過去。

往昔的記憶。

前不久還以這雙眼見到的藍天下。

馳騁灑遍鮮血的戰場，堆起無數屍骸之後。

戰勝日暮西山的大帝國而凱旋祖國不列顛時，等著他的卻是反叛騎士莫德雷德篡位，地獄般的內戰捲土重來，且說不定比過去更慘烈。光榮的圓桌形影無存，一騎當千的精悍騎士不是喪命就是訣別，一個個離去。

最後軍隊進了森林，劍兵——

不。

亞瑟．潘德拉岡倚著大樹睜開雙眼，發現自己身在過去，仍是個人類。

全身是劇烈痛苦，發著高燒。應該是與叛徒決戰時受了致命傷，他努力維繫潰散邊緣的意識，說出該交代的話。印象中，好像前不久也做過類似的事，真不可思議。

「貝迪維爾。」

我作了一個夢。

亞瑟王如此繼續。

騎士默默候在一旁，聆聽王遙望遠方所說的話。

「夢中，我也在戰鬥。戰場是一個遙遠國家的陌生城市，你們都不在那裡，而愚蠢的我迷失了自己，但還是揮著這把聖劍。」

「別這麼說，誰也不准說陛下愚蠢。」

「謝謝你，貝迪維爾。我忠心的騎士。」

亞瑟慢慢地這麼說，並吸進一口大氣。

瀰漫血腥味的空氣。

「那麼，騎士啊，我命令你，你要穿過這片森林，越過那染血的山丘到那面湖去，將我這把寶劍丟進湖裡。」

「陛下，這——」

寶劍。湖中女神所賜的星之劍。

昭示王權的至高寶劍，能擊敗任何人的最強聖劍。

此刻，亞瑟王卻要丟了它。

那是否表示亞瑟的王命將在這裡結束？

這是為什麼？王對疑惑的騎士說：

「我已經不是王了。雖然我無法拯救祖國……現在，我想暫時當個騎士，貝迪維爾。」

「陛下……能請您告訴我理由嗎？」

「當然可以。」

騎士王閉上雙眼，輕聲說道：

——因為有一位我必須保護的淑女——

爾後，貝迪維爾經過二度逡巡，到了第三次才達成主命。

殷盼王能永遠為王的他折返兩次，終於忍痛將聖劍連鞘投入湖中，魔力非常人能駕馭的稀世寶劍，就此返回湖中女神手裡。下一個握起此劍的人，應該就是當代天擇的聖劍士。

最後，當他返回大樹下時，王已經不在哪裡了。

「……陛下，您在何方？」

剩下的只有——

一灘怵目驚心的血泊。

王該不會像獲得聖杯的騎士加拉哈德那樣——

如同神聖傳說中的救世主，連同肉體升上了天堂？

抑或是前往那遠離凡塵的理想國？

又說不定。

他是——

# **Special** ACT Fate

清晨時分，東京有場地震。

震度不大，一點點而已。關東地區的年輕人應該早就習慣這個腳下大地稍微扭動，憑個人力量根本無法抵擋的自然現象，一點都不在乎那獨特的感覺吧。無論是否感到搖晃而醒來，大半都會繼續睡到為來得及上課而定的鬧鐘響起為止。

但她的反應不太一樣。

或許是因為幾乎沒體驗過縱向搖晃的地震，來野環驚慌地跳了起來。裹著充滿哥哥的味道，肯定是好幾個月才曬一次的棉被呼呼大睡時，感到有異常狀況——地震發生，她就不禁一腳踢開了棉被和毛毯。

「……哇。」

早晨微曦穿過窗簾縫，透進這三坪的房間。

小小公寓的一間斗室。

嗯，對。這裡不是我房間，是哥哥的房間。

這是哥哥在東京租的公寓，不是廣島市內的那個家。

而這個哥哥並不在公寓裡，只有妹妹鋪了床鋪睡在裡頭。由於哥哥隨時可能回來，我天天都盡可能地熬夜等他，可是眼皮每次剛過午夜眼皮就受不了，自己閉上了。醒來時，寒冷的夜已經變成寒冷的早晨。到今天，我已經這樣過夜快一個星期了。

意識朦朧的我，擦擦眼角站起來。

剛剛是怎麼了。

喔對，地震。所以才會醒來。

就這樣？

真的只有這樣？

不知道。可以確定的是直覺告訴我，有重要的事情發生了。

「哥哥？」

明明房裡不會有其他人在，我仍然這麼問了。

而且稍一恍神，人已離開公寓。

氣溫只有個位數，我卻毫不懼怕寒冷，只想趕快出門。這個上午六點三十幾分的世田谷一隅，靜得和白天完全不同。汽車來往的引擎聲和人的動靜少了很多，彷彿全世界的人口都變少了。我吸進一大口冷冽的空氣，吐著白煙仰望朝霞乍現的東京天空。

有光。陽光。

有點像從前沿丸子川邊的路走回家時見到的光。

為什麼呢，當時那明明是夕陽。光亮和色調都不一樣。

儘管如此。

我還是覺得很像。

「啊……」

剎那間。

我明白自己感受到了什麼。

不是發生。

是結束了。

父母上東京世田谷警察局請求協尋後想帶我回家，我卻激動地堅持要等哥哥回來，像個小孩一樣大呼小叫，連自己都嚇了一跳。之後就獨自待在公寓裡等哥哥，一連就是好幾天。算上父母上東京之前的天數，對，就快一星期了。

在即將面對從春天開始的高中生活前，有如緩衝期的倒數計時中臨時插入的這段宛如惡夢，感覺很不現實的東京生活，一定就會在此刻結束。

它結束了。

沒有任何理由。

只知道有種感覺告訴我，一切都結束了。

「我真的該回去了嗎，哥哥？」

聲音，模糊不清。

不知不覺地，臉頰濕成一片。

淚水是何時流下的，我真的完全沒發覺——

Fate/Prototype

蒼銀的碎片

「Fate」

西元一九九一年二月某日，同一時刻。

東京都千代田區神田駿河台，御茶水，某山間旅館樓頂。

艾爾莎．西条獨自凝望布滿朝霞的天空。

找不到半點痕跡。遍布她眼前的無疑只是冬季天空，太陽徐徐上升的早晨光景，那道從地底深處射向天空的鮮烈魔力，沒有絲毫殘跡。儘管如此，艾爾莎仍感受到它的存在。不知是曾經成為聖杯戰爭中的主人，一度擁有令咒的關係，還是任何魔術師都有這樣的感覺，不過她很確定，一切都結束了。

聖杯戰爭已經終結。

可能是大聖杯的巨大魔力發生胎動，又突然消失。

直覺告訴她，聖杯並未啟動。

植入她精神、理性、記憶與靈魂深處的詛咒也逐漸消散。這風格不甚東洋，極為特殊複雜的術式，必定是出自那個雙眼水靈的少女——應是劍兵主人的可怕少女之手。而它在小地震發生前不久，就不知為何自動解除了。

艾爾莎的精神完全解放了。

有如綁燻肉般圈圈纏繞的的堅韌繩索，突然變成滑順的絹絲，就此脫落、鬆開。

「弓兵……阿拉什……」

朝陽暖意中，艾爾莎瞇起雙眼。

眼前變得朦朧。

原以為早已流乾的淚，一刻也停不住。

失去愛子路卡時，她曾告訴自己再也不流淚。

使用三劃令咒，要弓兵解放寶具真名時，她也是這麼想。

然而，現在卻淚流不止，滾滾地流。即使有自己的一切正在融化，湧出雙眼的錯覺，也仍停不下來。艾爾莎嗚咽著呼喚他的名字，不是現界所配的職稱，而是真名。一次又一次，這應該是當成能呼喚他名字的最後機會。

「————」

名字之後，擠出喉嚨般訴說的言語已是一片模糊。

也得不到答覆。

因為他不在這裡。

艾爾莎不知弓兵的靈魂會到何處去，也不知聖杯戰爭的真相。盛裝七騎英靈之魂的聖杯化作災厄之獸的事實，再也沒讓第三者知道，就只有消散在那黑暗深淵裡的人明白發生過什麼事。然而很不可思議地，艾爾莎的預感都很正確。

她不覺得他返回了英靈座。

只為了弓兵阿拉什離開人間的事實悲傷。

回想他的側臉，如同活人逝世般哀痛。

——永別了。

——我最初、最後且最優秀的使役者，阿拉什·卡曼格。

好了。擦乾眼淚，抬起頭吧，艾爾莎。

提起那口他覺得很不錯，妳最愛的旅行袋。

從旅館前往沒多少路程的聖堂教會分部，辦妥手續。對感覺像爬蟲類的監察助理擠出最好看的笑容，讓我這個在遠東的稀有魔術儀式抽到大英雄，卻仍然慘遭敗北，最後撿回一條命的可悲女子裝作毫不在乎，盡可能要那個虐待狂神父笑不出來。要是弓兵見了那個神父，肯定也會大皺眉頭。

然後。

回家吧。

回到久違的故鄉，已經一年多沒去給路卡掃墓了。

想說的話有一大堆。

就把我在遠東遇到無雙大英雄的事告訴他吧。

在那之前，再讓我哭一下。

那是二月……

老爺過世大概一週後的事。

就是早上有縱向地震那天，不怎麼搖就是了。平常我根本不會去在意那種地震，可是那天不曉得為什麼特別緊張，還跑去隔壁房叫同事起床，所以記得很清楚。對、對。在杉並區的玲瓏館府。當時包含我在內的大半傭人，都從伊豆的別墅回來了，所以傭人房都有人住。

對，那是一九九一年二月X日沒錯。

地震後不久，玲瓏館府來了個客人。

記得還沒過上午八點。有個看起來二十幾歲，高帥的金髮年輕人來到正門口……然後把一個七、八歲的小女孩交給我們照顧。管家問他這是為什麼，可是他什麼都不說，也沒解釋她和小女孩是什麼關係。

只是短短地敘述，說她是沙条家的孩子。

『一切都結束了。所以，這孩子和玲瓏館家無冤無仇。』

還說了這句話。

我自己是聽不懂，不過管家似乎多少明白他的意思，馬上給我們這些摸不著頭腦的人下指令，我們也立刻去辦。我們將小女孩視為沙条家的正式訪客，必須以禮相待，所以馬上整理好客房。不是我自誇，我們為了隨時臨機應變而接受過各種訓練，這就是在玲瓏館家服務的……

女孩怎麼了？

對，沒錯。她睡得很沉，真是個可愛的孩子。

金髮年輕人很快就離開了，不曉得去了哪裡。

他交給我們的小女孩，芳名記得是叫做沙条綾香。應該是聽夫人說的。那時候，夫人也和我們一起回到玲瓏館主屋。

綾香小姐睡了好多天。

口無遮攔的年輕傭人還戲稱她為「睡美人」，我和管家是聽一次罵一次。可是就我所知，她似乎是真的沒醒過，好像陷入很深沉的睡眠狀態，大家都很為她擔心。

那幾天，綾香小姐都躺在客房床上動也不動。

我不記得她有沒有醒過，只記得玲瓏館自己的醫生來看診過好幾趟，說她健康狀況並沒有出問題。怎麼說呢，是不是所謂的心理疾病也不確定。至少我什麼也沒聽說。

啊，可是後來夫人提到了一點點……

幾天前侵襲玲瓏館家，奪走老爺的那場悲劇，就像是一場可怕的詛咒，也發生在沙条家，而且沙条綾香小姐是失去了所有家人。

『那孩子一睡不醒，一定是為了避免心靈崩潰……

畢竟目睹那麼殘酷的現實，還要活在其中……實在是太痛苦了。』

對，夫人就是這麼說的。

說不定……大小姐會那麼做，就是因為聽了夫人的話。也可能是我自己太多愁善感。

對，就在那一天。

大小姐來到了在客房日夜昏睡的綾香小姐床邊。

玲瓏館美沙夜大小姐。她真是個了不起的人物，當家的老爺才剛走，就堅強地打理好玲瓏館家大大小小之事。明明她自己也應該很難過，還能安慰日日以淚洗面的夫人。年紀還這麼小，就像是一切都很完美……喔不，她就是個完美的大小姐。

後來，那天我見到了非常珍貴的畫面。

剛見到的那一刻，我甚至不敢相信自己的眼睛。雖然我沒有目睹真正重要的一瞬間，也不知道是不是綾香小姐在昏迷當中伸出手才會那樣，總之那實在非常難得。大小姐從來不曾請朋友來家裡玩，會那樣親近同年紀的孩子，說它是奇蹟也不為過。

更何況大小姐還握著她的手。
對，簡直就像一對手足情深的姊妹——

（摘自玲瓏館家傭人之證詞）

對，沒錯。
當時伸手的是沙条綾香小姐。
她是作了惡夢吧。這也難怪，我們這些稍微知情的人，實在不難想像她見到了多麼可怕的事。她喘得很厲害，不斷呻吟，還說了一些夢話，要找什麼似的伸出手，抖得好厲害。可是那和未經世事的孩子，下意識尋找父母的手又不太一樣。
是伸向參與聖杯戰爭而喪命的父親？
還是同樣在聖杯戰爭中香消玉殞的姊姊？
確實，真相並非我這外人能夠看清。我個人是很想安撫她，不過她樣子難受得讓我不敢踏進房裡。

可是，美沙夜大小姐……卻握起了綾香小姐的手。

我不敢擅自臆測大小姐當時是怎樣的想法。

能確定的是，大小姐那一握讓綾香小姐慢慢鎮定下來，最後開始發出平穩的寢息。這段時間，大小姐是片刻不離，保持著牽手的姿勢，注視綾香小姐的臉將近一小時。以上全是客觀的事實，沒有任何個人想法在內。

是，要問我當時的感想嗎？

實在不便多說。我不過是玲瓏館家的管家，家中任何事我概無批評之理。話說回來，我怎麼會隨隨便便就對你……

【因訪問者施行魔術而暫時中斷】

……沒關係，我就說了吧。我有對你講清楚的必要，沒錯吧。

看著大小姐陪伴昏迷不醒的綾香小姐，我……對，有種很深的感慨。

彷彿大小姐是看著自己身上分出來的一部分——

現在回想起來，大小姐當時已不是從前的大小姐了。從老爺過世那一刻起，大小姐似乎就深有接任這個堪稱東京管理者的王者之家自覺，發揮她洋溢的才華，將玲瓏館家及其所掌控的一切安排得穩當妥貼。面對那些餓犬般阿諛奉承的凡夫俗子，大小姐始終那麼強硬、優雅、絢爛，展現出玲瓏館家絕不會因為失去老爺而凋敝的氣度，將一切操之在手。

總之就是，美沙夜大小姐成功負起了玲瓏館當家的責任。

換言之，她等於是拋棄了這年紀應有的童真。

或許是這個緣故。

大小姐在客房床邊的表情，就像見到前幾天拋棄的自己一樣。

……抱歉，我太失言了。麻煩你忘了吧。

這種話不該留下來，我這老傢伙自己帶進墳墓裡就好。

（摘自魔術協會
玲瓏館管家的證詞紀錄）

人潮洶湧的ＪＲ東京車站內。

有兩名女子，也在那一天那一刻來到那裡。

來野環，要搭乘東海道新幹線hikari 3號回廣島。

艾爾莎，為轉乘上野站的首班特快車前往成田機場。

她們在通往中央線月台的電梯前擦身而過，究竟是命中註定的交錯，還是不具任何意義的巧合？實情無從得知。曾僅僅相距數十公分的兩人，各自注視著自己的方向前進，視線不曾交會。

啊，錯了。

視線曾有那麼一瞬間重合。

——四目相對。

環的烏黑明眸，與艾爾莎的翠綠瞳仁連成一線。

兩人在那一刻，或許有短暫聽不見四周紛擾雜沓的錯覺，但是，沒有因此展開交談。環下意識地對注視艾爾莎的雙眼道歉，艾爾莎也注意到她的動作而柔柔一笑，就這樣結束了。

二月某日，於一九九一年聖杯戰爭倖存的兩名女性就此錯身離去。

命運的軌跡各自往不同方向延伸。

接著——

「啊！對、對不起。」

環因為外國美女對她微笑而覺得奇怪，納悶轉向新幹線月台時，不小心撞上了路人。都是頻頻回頭惹的禍。環趕緊低頭道歉之後，才戰戰兢兢抬頭看對方的長相。腿很長，個子很高。

一個外貌爽朗的男性。

那副稀罕的時髦眼鏡，是進口貨嗎？

好像在電視上見過——環不經意地這麼想，但沒有繼續深入。新幹線就快發車了，得趕快上車才行。要是沒搭上，說要來車站接人的媽媽一定又要哭了。雖然不管有沒有搭上，她應該都會哭。

而自己也會跟她一起哭吧。

原本以為今天早上哭了一個多小時，淚水已經流乾了。

以後還會哭多少次？

該在的人不在了。哥哥不在了。

很想當作他依然平安，可是心裡為什麼這麼難受——

「抱歉。」

眼鏡男如此說完後，就瀟灑離去。

對鞠躬回答「我才該道歉」的環沒再多看一眼。

就這樣。

又一道命運的軌跡在此交錯。

眼鏡男——

剛踏出ＪＲ東京車站八重洲中央出口，就有一輛高級德國車來迎接。

那是他名下的七輛車之一，若再算上登記為公司用車的，位數也要跟著換了，但每一輛都是以他的喜好來挑選。從最新型跑車到古董老爺車都有，有的價值高到可以稱為財產，不過對他而言只是零頭罷了。與今天剛從成田機場歸國的他從倫敦帶回來的真正寶物相比，再好的車也不算什麼。

「去西新宿。」男子簡短吩咐司機。

「直接回家嗎？」

「公司和家不都是同一間大樓。」

男子開玩笑般輕鬆地這麼說之後，拿起車上的電話。

撥出預先登記的號碼後，對方不到兩秒就接起。

「你好。是啊，我到東京了，教會的人都跟我說了。聖杯戰爭失敗了吧？嗯，沒錯。先為第二次機會做好準備。該花的錢都別省，能弄多少聖遺物都弄來，希望能召喚出最強的英靈。」

車很快就駛上首都高速公路。

從高處眺望都心的林立大樓之餘，他繼續說：

「他叫奈吉爾．薩瓦德吧。把跟他買的資料全部輸入電腦保存。不知道他是否因為自知死期將近，告訴我很多事……對，屍體就照他的意願處理掉。」

聽筒另一端的人表示領命。

男子點點頭，又說：

「我原本認為魔術師家系或血脈那些全都是累贅，但看樣子也不盡然啊。居然會有萬能願望機，既然那種東西已經近在眼前，我當然要把它弄到手。雖然我連第一場的起跑線都沒站上——」

目的地就快到了吧。

男子遠眺剛竣工的新宿新都廳，揚唇一笑。

野心。

期許。

都放在這句話裡。

「但下回我絕不會放過。」

——轉眼就是八年歲月，在世界迎接第二十次世紀末之際——

一九九九年，遠東都市東京。

以聖杯能實現任何願望的謊言為號召，為爭奪仿聖杯●●●號的壯烈廝殺將再度揭幕。

或許是聖堂教會樞機主教放不下的妄執，還是受到鐘塔、魔術協會某種意圖的影響，命運的齒輪再次轉動、加速，使東京的數百萬條人命，再次暴露在「獸」的爪牙威脅下，長成美麗少女的孩童也被捲入轉動中。地下大聖杯的經歷，已被她封鎖在記憶深處。

齒輪轉呀轉，轉向悲劇，轉向惡夢。

無人阻止。

因為知情者什麼都不願洩漏。

新的七名魔術師（主人）勢將聚集於東京，發動新的戰爭。

喪失記憶的少女。使用黑魔術的沙条綾香。

「……我的死刑倒數終於歸零了。」

王者少女。馭獸之手，玲瓏館美沙夜。

「我想要個死在女人手上的英靈。因為啊，這麼一來，他就會曉得女人的可怕吧？」

少年聖人。肉體縛於機器的伊勢三杏路。

「因為我從來沒有朋友。」

不請自來的神父。面帶瘋狂微笑的桑克雷德·法恩。

「很遺憾妳父親遇到那種事。距離真理就只差那麼一步，可是你們卻——」

其餘三名。

一個是男性，如統治者般坐鎮於新宿摩天大樓，且成功召喚出過去數千年以來的最強英雄。在遍布眼底的東京夜景中，他究竟能看出些什麼？

最後兩名，是男是女尚未揭曉。

新召喚的七騎英靈（使役者）也將在聖杯引導下，再次於東京降下神祕。

展開史上第二次聖杯戰爭。

彼此廝殺、爭奪，以及——

上帝說：「不要為自己積攢財寶在地上。」

當浮華歸為虛無，下一段千年將會開始。

財富的象徵，人的七宗大罪。

污穢至極的金杯。

一切都是為開啟天堂之門。

最後的奇蹟，將落在最優秀者手裡。

好暗。好暗。好暗。

在這個充斥著彷彿凝縮而來的黑暗，自然光照不進的地方。

除了寂靜，就只有死，沒有任何真正的生命。在地面上生活的上千萬東京市民不會知道，曾有數百名少女在此涕零喪命。若有活人在這裡吸一口氣，瀰漫於廣大空間的絕望、悲嘆與恐懼的渣滓，確定將會頓時堆滿他的肺、燒融他的腦，讓他瞬間發狂，發瘋至死。

東京都內某處，地下大空洞。

堪稱聖杯戰爭中心點的大聖杯所在地。

有個東西，在其中蠢動。

想從近似死亡的沉眠中醒來而掙扎的東西，無疑就是應在八年前因聖劍之擊而消散得不留痕跡的巨大肉塊、黏塊。然而牠沒有毀滅，依然存在。儘管那龐大的光，確實從地下空間轟散了即將成形為驚世巨獸的牠，但只是一時的。啊，人類之惡永無根絕之日！

色彩深濃的死亡餘韻扭曲了空間，「獸」在暗黑深淵中重新聚形。

等待重新誕生的卵再度以大聖杯為殼，飢餓地等待受肉。

如沸水般冒泡的黑色黏塊、黑泥、黑獸搖籃，堆得像座小山。

而其前方——

有一名少女，正在舞動。

「劍兵！劍兵！劍兵！我就知道你一定會回來！」

天真爛漫地舞動。

「啊，我最愛的劍兵！」轉呀轉地，有如只能旋舞的自動人偶。「我愛你愛到一想到你，內臟就快要從肚子裡流出，心臟灼熱得要從夢裡醒來啊！」

妖精。嬌美之花。華麗的淑女。

不，不是。這怎麼會是那種東西。

在這裡的，是將世界納為己有的公主。世界盡在她股掌之間，只要她有意，力量也足以輕輕一握就毀滅世界。啊，她已經有這個念頭了。再來就只是靜待絕佳良機，循必要步驟摧毀世界。懷藏「獸」的大聖杯依然安在，她的目的也與八年前毫無改變。

——沙条愛歌。

沒錯，她一點都沒變。

並未隨時間流逝成長的她，和「獸」一起回來了。

少女身上依然是當時那件翠綠色洋裝，開心地笑著。

身高沒變，白瓷般的肌膚、清澈的眼眸，以及若有光照射之下必然是閃閃動人的柔亮秀髮，都沒有任何變化。那美麗的笑容也沒有絲毫陰霾，但興奮眼神中的思念遠勝八年前。

若問她身上哪裡有明確不同，就是胸口了吧。

大膽袒露的胸口，不只是白皙軀體的一部分，還有——

「好想趕快見到你。」

主人位階第一階的證明。

七翼令咒。

以及貫穿令咒中央與其心臟的——鮮紅劍痕——

「好想趕快見到你、好想趕快見到你！」

少女歌唱、呼喊、盼望自己的愛。

愛。將那吞噬萬象的猙獰之物置於胸中，代替心臟。

黑暗中，它散發著淡淡的魔力之光，彷彿象徵四周瀰漫的死亡。

愛歌是在沒有觀眾的黑暗舞台舞動嗎？不，這裡有寥寥幾個觀眾。

不停舞動的少女背後，有六道人影！

正是留在聖杯內無法回座，如今在此重新現界的扭曲六騎！

「啊，我又得殺死齊格魯德了嗎……這讓我，很為難……」

槍之英靈（槍兵）。曾引導勇者之人。

形成於其頸部周圍的六個小瓶中，裝滿了黑色液體。小瓶後突出的針刺進她的頸部，注入那些黑色穢物，與八年前使她發狂的物質相當接近的毒素，消融她的腦髓與精神，且無法抗拒。

使她立刻為戀、為愛發狂。

立刻揮舞巨槍，以殺死她永遠摯愛的蒼銀騎士。

「…………！」

弓之英靈（弓兵）。曾劃開世界之人。

映於其雙眼中的畫面，不僅是聖杯戰爭的血腥未來，也包含了終將躍上地表蹂躪世界的「獸」，與他們自己的新面貌，並且恐怕只能走向他所注視的未來，不得抗拒。少女已將他重造為只懂服從的忠僕。

因此他將降下黑雨，摧毀與其接觸的一切。

以擊斃比誰都更久遠尊貴，統治烏魯克城的黃金英雄王。

「可惡——」

騎之（騎兵）英靈。曾統治天下之人。

如今他不再是力克群雄的古代王者，而是她所精心塑造的破壞尖兵，他將與黑色弓兵協力毀盡世上萬物。並自由操縱變得與他同樣漆黑的神船與神獸，以黑色太陽之光毀盡世間萬象。

陽光將轉為黑暗，不再照耀一切，而是以黑暗籠罩一切。

彷彿要毀盡以人世之王自居的黃金英雄王。

「嘻嘻，呀哈哈！實在太久啦，傑奇那傢伙終於縮回去啦！」

狂之（狂戰士）英靈。曾身懷大惡之人。

如今主副易主，以惡為表、善為裡之姿從黑泥中重生。人類的外貌連一小時都無法維持，淺張的唇吐出邪惡瘴氣，血液沸騰，等待小主人的號令。

屆時他將化為狂獸揮掃鉤爪，以長滿如劍巨牙的顎大肆啃咬。

以撕碎傳說中名震天下，操使紅槍的庫林猛犬，暢飲他的血。

「主人請下令。」

術之英靈（魔法師）。曾散布希望之人。

脫下白袍，披上絕望黑衣的他將行使魔術。四大元素啊，發狂哭號吧。五大元素啊，以詛咒腐朽這世界吧。他將認同且侵害一切的愛，為了成就襲向聖杯戰爭的黑暗竭盡所能。

並阻擋任何試圖拯救世界之人。

以打碎勇者的希望——不，為了與庫林的猛犬對決。

「任何事，不管任何事，都悉聽主人尊便。」

影之英靈（刺客）。曾徬徨尋愛之人。

全身浸泡在東京地下蕩漾的黑色，要將一切化為死亡。如今的她能自由操縱化為毒浪的黑泥，追殺目標。無論人類或英靈，一個都別想逃。面對悄然逼來的毒海，任何力量都一樣無助。

黑色浪潮將化為毒液大海嘯，淹沒這座遠東之城。

以吞噬蒼銀騎士，為八年前模糊不清的對決記憶定下結局。

「——我的劍兵！只屬於我的王子！」

在黑色英靈的陪伴下，沙条愛歌在黑暗中漫舞。

優美、絢爛。

綻放光彩笑顏，道盡心中愛意。

愛歌，暗黑六騎，與蠢動的巨大黑色黏塊。

以蹂躪世界為目的的軍隊在此組成。人們所生活的一九九九年「現實」這個輕薄假象，將被他們體內龐大、絕大的魔力輕易壓垮。如同八年前，想從顫抖的醜陋不定形物長出「頭」而蠢動的巨獸，牠即將完成的「頭」將蘊藏足以操控世界的力量。而這次，發出訕笑的根源之女無疑會坐鎮於此。

有誰能擊敗他，拯救世界？

沒有、沒有、沒有。

沒有任何人類能反抗這樣的危機。

只會被扯成兩段。只會被挖開、刺穿。只會被蒸發、消散。只會被壓成爛泥。只會成為無法言語的屍骸，任他們擺佈。只會遭到殘害，融成屍水。只會發現世界其實是絕望之海，在誰也搆不到的盡頭呻吟、慘叫，哭泣再久也不會得救，化為悽慘二字的具現而死絕。

沒有例外，也沒有希望。

人啊，你們只會在此迎接末日。

——然而，或許。

——若是手握聖劍的騎士，已再度現於人間呢？

「我是劍兵。來保護妳的──使役者。」

沒錯──

正是如此。希望與光芒並未破滅。不會被可怕黑暗大惡所吞噬之物，仍存在於世界上。

蒼銀英靈跨越時空，出現在這世紀末的遠東都市。

帶著輝耀的聖劍。

他必然將為爭奪聖杯，而與新的六騎英靈展開死鬥。

之後，才會是真正的了斷時刻。

與搏命而戰的兩騎──遠古英雄王與無雙猛犬比肩並立。

盡數擊殺曾經交戰的暗黑六騎並對決巨獸，拯救世界──

親手再次保護重新訂定他命運的那名少女。
這次他不是救國王者。
亦非救世聖人。

只是一個——
心懷誓言的騎士。

（完）

# 後記（※注意　內有劇情洩漏）

櫻井光

聖杯戰爭終結。

仿聖杯啟動的一刻終於到來，末日為之咆哮。

十四條性命，隨最後的黎明迎接終結。

神祕與幻想，意念與願望，無數交錯縱橫所編織出的碎片之末——

本作是以遊戲、漫畫、動畫等多樣媒體擴展中的TYPE-MOON作品《Fate/Stay Night》的原型小說《Fate/Prototype》為原案來塑造，為《Fate/Prototype》的衍生小說。以一九九九年的東京為舞台，而本作則是以其八年前——一九九一年於東京所展開「最初」的聖杯戰爭，所織出的一篇篇「碎片」。

總算為各位獻上了最後一集。

有眾多讀者的支持，我才能走到這裡。

希望各位喜歡我筆下的故事終幕，聖杯戰爭的結局。

故事中，有兩件事是在企劃開始當初就已決定。

第一是最後一幕。觀賞過TYPE-MOON十週年紀念動畫《Carnival Phantasm》第三集的影像特典〈Fate/Prototype〉與〈Fate/Prototype Animation metarial〉的讀者，當然知道的那一幕。

第二是沙条愛歌的真面目。這個無人能出其右的全能者，也多半是與「根源」相繫的少女是如何墜入情網。這獨一無二的全能之神，是如何成為戀愛中的少女。

關於後者，早在連載開始前，本作企劃剛成立時，已全部記載在奈須きのこ老師交給我的「真相」中。還記得當時它解開了我心中的許多疑問，也讓我大受震撼。七人七騎互相廝殺的血腥儀式，呼喚世界危機，暗藏災厄的陰謀，命運的騎士終於懂得為正義而戰的聖杯戰爭，想不到原來是這麼地——

經過短暫時間後，真相終於在此呈現於各位眼前。

也如期以既定的最後一幕，結束了蒼銀的故事。

接下來是致謝詞。

奈須きのこ老師，我由衷感謝您將導致《Prototype》的九一年故事交給我，並耐心等待這將近三年半的連載與發刊。您在連載結束時的贈言，如今也在我心中隱隱發燙。連同本集的解說文在內，它們都會是我一生的寶物。

武內崇老師，回想起來，我能深刻體會到自己受到您很多有形無形的幫助，實在感激不盡。我一定會持續努力，不負您在《月刊COMPTIQ》刊出連載最終回時的感言。

中原老師，感謝您苦心繪製共五集的插圖。插圖與封面是具體呈現故事世界的重要媒介，而您每幅全彩的精彩畫作，更是真正完成了這部作品，非常感謝。

森瀨繚老師、三田誠老師、東出祐一郎老師、成田良悟老師，感謝各位長久以來的諸多幫助。我一定會設法報答這份恩情。

擔任設計的ＷＩＮＦＡＮＷＯＲＫＳ、平野清之先生，以及《月刊COMPTIQ》的小山編輯與全體編輯部、營業部，非常感謝各位的協助。能與各位合作到最後一集，是我的榮幸。

最後，我要向參與這篇故事的所有讀者，獻上千千萬萬的感謝。

那麼，道別的時候到了。

我們後會有期。

# 解說
## 「碎片的碎片」

奈須きのこ

故事裡有許多碎片。

因些許善意而偏離原軌的人。從善意發現希望的青年。
沉入非分之夢的人。猶豫不決而化為泡影的少女。
因一名聖人而獲救的族群。讚賞其價值而以救世為己任的王者。
回歸父親的魔術師。因志向純粹，而誤判純粹愛戀之心的賢者。
回歸母親的戰士。樂觀其成的勇者。
從冷酷寒冰變成剎那烈焰的人。為戀慕瘋狂卻不污衊其愛的女人。
以及化為少女的天使。以及，只為了一個人而立誓的騎士。

他們的故事，在此暫時中斷。
為了醞釀一開始就寫定的結局。

劇中闡明原初「聖杯戰爭」的前夕；召喚英靈的力量根源，人類之惡——「獸」的存在；與馭獸少女戀情的肇始與終結。

而我，是它們的解讀者、承受者、永誌其足跡者。

——再會了，美麗的碎片。

以筆尖刻劃的眾多碎片，在此補足了未填的空缺。

◆

關於這作品的從何而生、將從何而去，櫻井光老師皆已做過詳細解說，在此割愛。

我在這裡該說的，就只有《蒼銀的碎片》故事本身，以及對不吝購買此書的各位讀者，與作者櫻井光老師的感謝。

《Fate/Stay Night》是二〇〇四年面世的作品，其根基《Fate》則是更早的未完成之作。

當時我是遠比現在年輕的樸拙作家，夢想寫出一篇「背負世界命運的少女」與「拯救她的少年」的故事。那不過是個有志成為作家之人的平凡故事，沒能寫出結局就收在記憶最底層了。幾經峰迴路轉後，故事成了名叫《Fate/Prototype》的短篇動畫。

後來，有一位作家真的就只是見到「曾經有過這個夢想」的碎片而親自來訪，問我願不願意將這個夢想交給他。那一天，至今我記憶猶新。

而那位作家正是使我大受震撼的《赫炎のインガノック》作者，更是讓我再添驚喜。

這一切，就像流落海灘的瓶中信。

沉入記憶深處的箱子，轉交到有才華的作家手上，而重新開啟。

三年半後的今天，蒼銀的碎片擴展得比過去自己所夢想的更為寬廣，也讓我見到了世界的深度。

在未來的日子，恐怕是很難再參與製作這麼浪漫的作品了。

對於這樣的緣份、邂逅，我心懷感激。

真的只靠零碎的設定集，就寫出如此迷人故事的櫻井光老師。

與文字相輔相成，妝點碎片世界的中原老師。

以及將這個異端又新穎的《Fate》買下閱讀的各位讀者。

此恩此情，他日必將——

為了誕生於本作中的人物，準備全新的舞台。

**無職轉生～到了異世界就拿出真本事～** 1～10 待續

Kadokawa Fantastic Novels

作者：理不尽な孫の手　插畫：シロタカ

## 令人懷念的那位傳說中的戰士
## 也前來祝賀魯迪烏斯的結婚!?

　　魯迪烏斯達成進入魔法大學的目的。他為了向關照自己的愛麗兒等人答謝，前往學生會室。此時愛麗兒卻提出問題，魯迪烏斯儘管感到不知所措，依舊明確答道：「我……要和希露菲結婚。」

　　從尋找新家到準備婚宴，不管做什麼都盡是課題……！

各 **NT$250~270/HK$75~80**

台灣角川

Kadokawa Light Novels

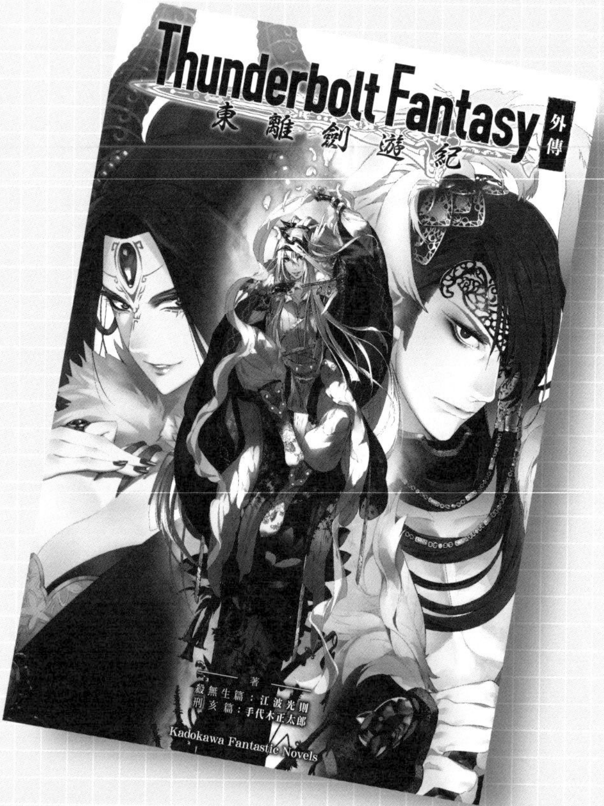


## Thunderbolt Fantasy 東離劍遊紀 外傳

Kadokawa Fantastic Novels

作者：江波光則、手代木正太郎　插畫：三杜シノヴ、源覚(Nitroplus)

**驚天動地風華再起，妙筆生花超絕武俠！**
**殺無生、刑亥與凜雪鴉充滿謎團的前傳故事，終於登場！**

Nitroplus「虛淵玄」，與台灣布袋戲界中享譽盛名的製作公司「霹靂」攜手合作，帶來了台日共同影像企畫《Thunderbolt Fantasy 東離劍遊紀》。在眾人引頸翹望本作續篇消息的同時，凜雪鴉與殺無生及刑亥之間的過往恩怨，也即將自重重迷霧中正式揭露！

NT$240/HK$75

台灣角川